JN026406

倭の海 遥か

西澤 三郎
NISHIZAWA SABURO

三省堂書店
創英社

目次

（一）飛鳥寺の書庫で

法師の講義が終わって弟子の僧たちが講堂を後にすると、船史辰仁（ふねのふひとしんにん）はいつものように書庫に入り、古文書の整理を始めた。唐帰りの旻（みん）法師は飛鳥寺（法興寺）の法主となって境内に史語館を置き、師が収集した唐の外典（げてん＝仏教経典以外の書籍）や氏族より持ち込まれた系統記などを僧や学生（がくしょう）の閲覧に供した。この飛鳥寺には、北は越、美濃、信濃、西は筑紫、吉備、丹波、近郷は紀伊や、淡海、播磨、河内、難波の津などから名のある豪族たちが一族の中の秀才を派遣し、学問を修めさせようと競っていた。辰仁もまた歳は十に満たなかったが船史（ふねのふひと）一族の期待を担って学生（がくしょう）としてこの寺に来たのである。京（みやこ）で権勢を競う青年貴族たちもまた旻師の「天命思想」の講義を聞きに足繁く通って来ていた。

書庫の入口から師の声がした。

―お三人がこうして顔を合わされることも滅多にないでしょうから、この書庫で忌憚のないところをお話しになるとよろしかろう。ここなら誰に見られることもない。拙僧は夕暮れどきまで瞑想に入ります故、挨拶などせずお帰りください。

辰仁（しんにん）は咄嗟に、暗い書庫の隅に身を隠した。

―寺堂の隆盛は旻（みん）法師の徳の高さに因ることは申すまでもありませんが、入鹿さまの曾祖父の代からの篤い信心の賜でしょう。さぞご満足と察し申し上げます。

―畏れ多いお言葉。すべては大王（おおきみ）の御心です。

―所で、入鹿さまは昨年の高句麓の政変をいかがお考えでしょうか。

―と、申されると

―高句麗の大臣（まえつきみ）淵蓋蘇文（えんがいそぶん）は栄留王（えいりゅうおう）ら一八〇人余を殺害し、新しく傀儡（かいらい）の宝蔵王（ほうぞうおう）を擁立し、自ら宰相となって軍事独裁を布（し）いたというではありませんか。

―臣（やつかれ）も聞いております。新羅にも同様のことが起きています。全て、大唐（もろこし）と半島の三韓の争いのなせる業。

―臣がお聞きしたいのは、旻法師が説かれる「天命」のことです。「天命」による王朝交代の是非です。

――それは、「天命」を誰が聴くのかが問題です。

――その通りです。今や、高き山と崇められる蘇我氏が動けば群臣（まえつきみ）はどのようにもなびきましょう。入鹿どの、まさか貴方（あなた）は韓神（からかみ＝仏）を崇めて自らその神になろうとお考えなのではないでしょうね。

――それでは、お聞きしたい。数多（あまた）ある古（いにしえ）よりの神々を一所に祀りて、その神々の声を聴くのは鎌足さん、貴方なのですか。それとも、大王（おおきみ）自らなのですか。

――臣は、天地（あめつち）の祭りを司り、神と人間との仲を取り持つ者。まして神意を聞くのは欲も力もない無垢の巫覡（ふげき＝神託を伝える者）なのです。臣は、大王（おおきみ）が神になり代わろうと思われることすら神を畏れぬ怖しい仕業と考えます。

――こうして、お互いが疑心を持っていては切迫したこの国の危機を救うことはできません。良い期会ですからお二人に申し上げたい。大王（おおきみ）の元に強力な軍を早急に造らねばなりません。そして、新羅や大唐（もろこし）の考えを知らねばなりません。百済への心情的な肩入れは、倭国に計り知れぬ危機を招きます。

辰仁は薄暗い書庫の棚の向こうに眼をこらした。格子窓から寺の庭を見やりながら身をそらして立っている男の後ろ姿には自信と威厳が感じられた。他の二人の姿はよく見えなかった。秋の日暮れは早く、三人は無言のまま書庫を後にした。辰仁は、今聞いた話を頭の中で反芻（はんすう）するように思い出しながら、どの言葉が誰なのか考えをめぐらせたが、庭を見ている後ろ姿の男が蘇我入鹿さまだという事以外はよく分らなかった。入鹿さまについては以前に師が「吾が堂に出入りする者のなかで入鹿さまに匹敵する者はいない」と言われ、「その才知と先見性は端倪（たんげい）すべからざるものがある」と話されるのを聞き、遠くより尊顔を拝したことがある。それにしても、蘇我氏は百済派の豪族として知られ、この飛鳥寺も百済から来た工人により建てられたものである。その入鹿さまが「百済への心情的な肩入れは、倭国に計り知れぬ危機を招く」と言われた。旻師から後に聞いたのであるが、入鹿さまは新羅の金春秋（こむしゅんじう＝後の武烈王）から三韓の政治状況や唐の野望について情報を得ていたのだった。

時の経つのも忘れて書庫に佇（たたず）んでいると、不意に旻法師の大きな声がした。

――こんな所におったのか。皆夕餉（ゆうげ）の支度に忙しいというのに。いつからここにいた。

と問われ

――師の講義が終りすぐここに参りますと、人が入って来られて出ることが出来ませんでした。

と答えると、旻法師は声を一段と落して

――ここで聞いたことは決して他言してはならぬ。書庫の書きものの内容を誰にも話してはならぬのと同じだ。

と諭（さと）された。辰仁は生涯この日のことを忘れることはなかった。

（二）音辞の博士

辰仁は三歳のときより六歳年上の兄・辰寿（しんじゅ）と机を並べて、父・船史恵尺（ふねのふひとえさか）より『書経』『易経』『詩経』『集秋』『礼記』を学んだ。これらの書物は、男大迹大王（おおどのおおきみ＝継体）の御代に百済の博士によって初めて倭国にもたらされた儒学の古典である。

辰仁は父より船史（ふねのふひと）一族の歴史と、倭の海を自由に航海して鉄綱王となり、ついに倭の大王（おおきみ）となられた男大迹大王の雄姿を折に触れ聞かされて育った。

父の話によれば、船史の一族は百済よりこの倭国へ渡来し、北つ海（日本海）を支配していた角鹿（つぬか＝後の敦賀）の蘇我氏の元に仕えていた。船史は船の手配をするだけでなく、船員の手配、食糧や水の補給、記帳、実務連絡の他に半島への緊急連絡などを職務とし、文字を使う文史（ふひと）として重要視されてきた。男大迹大王の祖は伽耶（かや）の人で、倭国では製産できなかった伽耶の「鉄挺（てつてい＝鉄製品の原材として使われるのべ板。交易の通貨としても使われた）」を一手に輸入し、淡海（琵琶湖）の北部で武器の刀や農器具の鋤（すき）・鍬（くわ）・鎌（かま）の他に、大型船の製造に必要な楔（くさび）や釘（くぎ）などの鉄具を鍛造加工した。また、半島より馬を輸入し、使役に使う上で不可欠な鐙（あぶみ）や轡（くつわ）を量産して財力を蓄えたのだという。男大迹大王は自分の出自を百済の王家と同じ宗（そう＝おおもと）の辰王家に連なる者だと語り、聖明王と盟友関係を結ぶ一方、自分を伽耶の金首露王（こむすろおう）の末裔だと豪語していたという。鉄鋼王として絶大な力を持つようになった男大迹大王は鉄の流通で関係を深めた北つ海（日本海）の蘇我氏や、常陸・下総の水上交通を支配する物部氏、東海地方と紀伊半島を水運で継ぐ尾張氏、馬の輸入で利害を共にする河内の馬飼氏など雄族の支援を得て、彼らの勢力の接点となる大和（やまと）の地へ大王（おおきみ）として乗り出したのだという。大和には既に大伴氏や葛城氏という豪族がいたが、葛城氏は蘇我氏と親しい間柄にあり、彼らもまた鉄や馬を必要としていた。そして大和には広大な未開の河内湖や大和湖が眠っていて、これらの土地の干拓事業には男大迹大王の配下の渡来人・秦氏の持つ灌漑技術と共に多くの鉄製品が力を発揮した。そして、たちまち米は増産され、多くの富を大王と大王を支援する豪族たちにもたらし、その力を天下に知らしめたのだという。この話をするときの父はいつも誇らしげであった。父はまた、船史（ふねのふひと）の氏祖の王辰爾（おうしんに）も男大迹大王が淀川の水運を瀬戸内海まで開くため樟葉（くずは＝枚方）に宮を置いたとき、大王より難波津の「船賦（ふねのみつき＝船舶から徴収する通行税）」の管理を拝命し、その功により「船史」の姓を賜ったのだという。我ら一族の栄光もここから始まったのであると何度も聞かされた。

兄の辰寿は朝廷の設けた「大学寮」に入り、旻法師（みんほうし）と同じ唐帰りの高向玄理（たかむこのくろまろ）師の元で学んでいた。京（みやこ）の大学寮では高貴な身分の方の子弟の他に東（やまと）や西（かわち）の史部（ふひとべ）、それに船史など史（ふみ）に関わる氏族の子弟を中央官僚として育成し、地方には「國学」を置いて郡司の子弟を学ばせていた。辰仁は、父の恵尺（えさか）が弟の自分を朝廷と距離を置く飛鳥寺の旻法師の元に、僧ではなく学生（がくしょう）として預けたのには父なりの深い考えがあってのことだと思った。辰仁がこの寺に来たのは、父・恵尺が史氏（ふみうじ）としての力量を見込まれて、入鹿さまの父・蝦夷（えみし）さまから『大王記』や『國記』、諸豪族の記録である『公民記』の編纂事業を手伝わせて戴いた縁からであった。

飛鳥寺は一塔三金堂形式と呼ばれる壮大な伽藍配置の寺で、回廊の中門をくぐると五重塔がそびえ建ち、塔の北、東、西に金堂が建てられている。中央の金堂（中金堂）には、仏像づくりの名人である鞍作鳥（くらつくりのとり）が作った釈迦如来像が安置されていた。講堂は回廊の外、中金堂の真北にあり、ここで僧や学生が旻師の講話を聴くのである。天高くそびえる五重塔、金色に輝く釈迦如来像、白壁に朱塗りの柱、緑の連子窓、黒く光る瓦の屋根など、どれを見ても辰仁には今まで見たこともない別世界で、天竺や唐の都・長安もかくやと思いを駆せるのであった。

辰仁はこの寺が今から五十年余り前、蘇我馬子さまによって造営が始められ、二十年近くの年月を経て建立された蘇我氏の氏寺であり、馬子さまの長男である善徳師が寺司となられ、高句麗僧の慧慈（えじ）さまや百済僧の慧聡（えそう）さまらが居住された由緒ある寺であることを知らされた。蘇我氏には大王と肩を並べる程の力があったので他の有力氏族は『家牒（かちょう＝家系を記録して朝廷に提出した上申文書）』を朝廷と飛鳥寺の双方に献納していた。寺の書庫には男大迹大王の御代より今日に至るまでの書き物が数えきれない程溜まっていて埃を被っていた。辰仁は寺に寄宿するどの僧や学生よりもよく書を読むことが出来たので、特に許されて自由に書庫に入り、それらの書物の整理を任された。しかし、書庫に眠っている旧辞は難解であった。口承伝承されて来た諸氏族の誇り高い歴史は男大迹大王の御代より漢の文字を使って木簡や紙に書き留められてきたが、漢書風の旧文や、倭の言葉をよく解せない漢人が倭語の音のみを漢字に当てて記した倭風漢文があった。これらの書物は時代の前後を誤って誦習（ずしゅう）していたり、先祖の事跡を都合のいいように虚偽を加えて記していたりしており、辰仁はまるで闇の中を一人歩く思いでこれらの書物を読み漁（あさ）った。中でも大王や船史に係わる文章を発見すると心が踊った。

ある時、辰仁が今から二百年ほど前に南朝梁の沈約（しんしゃく）という人が記したという『宋書』の「倭人伝」を読んでいると、「倭國在高麗東南大海中」とあるのを見付けた。その頁の余白にはびっしりと註訳が書き込まれていて、辰仁が拙い読解力で悪戦苦闘してやっと知り得たのはおよそ次のようなことであった。

「倭は元々中国の華南・華中の沿岸地帯にいた民で、水稲農業を基盤としながら沿岸交易を盛んに行っていた。この民が秦・漢の勢力の伸張に伴って北上し渤海湾に至り、韓半島の西岸に到達して南真番と呼ばれ、さらに南下して加羅(伽耶)国をつくり対馬・壱岐・筑紫に至った。これらの倭の民の交流を支えていたのは倭の海であった。」

辰仁が胸躍らせて次の頁をめくると、また別の人の手で

「百済は古くは伽耶国のことを倭と呼んでいた。伽耶地域は小国が群立するところで交易の要所であった。鉄の生産地としてばかりではなく、「鉄挺」は通貨としても使用されていたので、東の新羅、西の百済が絶えずその地に勢力を伸ばしてきた。また、中国北方の騎馬民族である高句麗はその広大な国土と軍事力で絶えず南下し、百済、新羅に圧力をかけ続けた。東南海中の列島を倭国と呼んだのは男大迹大王の代(よ)からである。更に古くは半島の南と倭国の北部では言葉が通じ合った」と註書きがしてあった。後日、この註書きのことを旻法師に訊ねると、師は

――この書物は今から百五十年ほど前、男大迹大王在世のとき百済より渡来した漢人の博士によってもたらされたもので、恐らく博士の誰かが書き付けたものだろう。後の方の註書きは磯城

島大王（しきしまのおおきみ＝欽明）の時代に百済より迎えられた官人が書いたのに違いない。と言われた。また、書庫で手にした『隋書』の「百済伝」には「その人、新羅・高麗・倭等雑（まざ）りて有り。亦（また）中國人有り」とあった。

辰仁は磯城島大王の世になって急に地方有力氏族の旧辞や、大王の詔（みことのり）が多数残されているのを不思議に思った。そして、渡来の百済人官史が書いたと思われる『百済私記』なるものを見付けると辰仁は益々書物の虫になった。

『百済私記』には、「百済王が倭の磯城島大王（欽明）に上表文を送り、伽耶に置かれている倭の出先機関に属する官僚の大連（おおむらじ）佐魯麻都（さろまつ）なる人物は朕（われ）にも臣従しながら新羅王から官位を与えられ従っていると怒りを露にした」とあり、他にも半島に渡った倭人の首長のなかにこのような人物がいた事例が記されており、辰仁は彼らに興味を持った。

また、この記主は、倭人の漢文の読解力の低さを嘆き、大王の詔（みことのり）を国の津々浦々まで行き渡せるには史部（ふひとべ）の強化が急がれると説き、蘇我氏の元で活躍してきた東漢氏（やまとのあやし）や西文氏（かわちのふみうじ）や秦氏を讃え、次に辰仁の氏祖である王辰爾（おうしんに）を特筆して、王辰爾は百済の王族の末裔で、磯城島大王が蘇我稲目に軍船建造を命じたとき実務に当たった功績により「船史（ふねのふひと）」の姓を賜ったと記していた。

また、「高句麗の使節が持参した国書を朝廷の史（ふひと）たちに読解させたけれど三日の内に皆読むこと能はず、王辰爾ただ一人これを解読して賞讃をあびた」とあった。今から百年以上も前の事である。此処の所は父・恵尺から更に詳しく何度も聞かされていて辰仁もよく知っていた。それは「烏羽（うは）の表（ひょう）」といわれているもので烏の黒い羽根に墨で文字が書かれていて、王辰爾はこの羽根を蒸して紙を押し当て、文字を写し取って解読したのであった。古き時代に倭国へ渡った西文氏（かわちのふみうじ）には新しい通信方法が理解できなかったのだという。そこには倭国との交易を求め、米と綿花と大型帆船が一艘欲しいと書かれていたと、父は話した。ここまで読んで、辰仁は困惑した。父は、「男大迹大王から船史の姓を賜った」と説いていた筈だが、『百済私記』には「磯城島大王から賜った」と記されている。更に読み進むと、『私記』の終りに下記のようなことが事も無げに記されていて辰仁は驚愕（きょうがく）した。

「伽耶国の王である仇衡王（きゅうこうおう）は倭国に渡り、新羅との戦いのための救援軍を男大迹大王（継体）に請うたが目的を果せず、弟の仇亥（きゅうがい）を新羅の慶州に行かせ降服した。仇衡王はそのまま倭国にあって伽耶国の再興を計画するも、遂に帰国できなかった。

男大迹大王は臨終に際して、「仇衡王を次の倭の大王と定め大伴氏、物部氏、蘇我氏は敬憚（かしこま）り心を傾け命を任せて忠誠を尽くせ」と遺詔した。時に、継体二十五年（五三一）。男大迹大王薨去（こうきょ）。葬儀は同年十二月五日。仇衡王の即位も同年、同月、同日。翌年に駕羅国滅亡。駕羅国の亡命貴族や官僚が大挙して東海を渡り倭国の礎（いしずえ）となった。仇衡王は大男迹大王の磐余（いわれ）の玉穂宮の近くに磯城島宮（しきしまのみや）を置く。以後、仇衡王は磯城島大王（しきしまのおおきみ＝欽明）と呼ばれる。磯城島宮の設けられた地は、天香久山と三輪山に囲まれ、天上界を支配する天神の聖域であり、大王は天神の子孫であると定められ、磯城島大王の御代より大王の子孫がその地位を占めることとなった。欽明十三年、百済の聖明王は磯城島大王に仏像と経書を送り大王を慰めた。この聖明王も新羅と高句麗の共謀の前に欽明十六年戦死した。磯城島大王は伽耶国再興の詔を十五度発するも夢叶わず、欽明三十二年薨去。享年五十歳」

辰仁は、旻法師が「この書庫の書物の内容は誰にも話してはならぬ」と言われたのはこの事かと唸った。辰仁は磯城島大王は男大迹大王の子で、先王より引き継いだ有力氏族との合議制のもとに王権の確立を急ぎ、百済より先進的な官司組織を取り入れた開明君主であると聞かされてきたが、今、この『百済私記』を読んで磯城島大王の曾孫（ひまご）である今上の大王（皇極）が百済救援を政（まつりごと）の至上の目標とされているのが少し解ったような気がするのだった。

辰仁が書庫から出てくるといつも暗い顔をしているのを訝（いぶ）かった旻法師は

―辰仁、これまでの勉学の成果を他の僧や学生たちに話してみぬか。

と声を掛けた。辰仁が

―法師さま、この書庫で知ったことは誰にも話してはならぬと戒められております。

と答えると法師は
―　自分で考え悩んだ末でも、軽々に口にしてはならぬが、人の書いたものを右から左へと話してはならぬと言うことじゃ。
と言われた。辰仁は
―　では奴我（やつかれ）に何を話せと申されるのですか。
と訊ねると法師は
―　書物を読むに必要な音辞の知識じゃ。音辞を学ぶことが面白くなる初歩を話してやって欲しい。
辰仁は一番歳下の自分が人の前で何を話せばよいのか思い悩んだ末、文字の面白さに気付いたときのことを話すことにした。いつもの様に師の講義が終わったところで
―　これから辰仁が音辞の話を少しばかりしてくれるので余興のつもりで聞いてやって欲しい。
と弟子たちに声を掛けられ、百人近くもいる僧や学生の前へおずおずと進み出た辰仁は身を小さくしながら話し始めた。
―　皆様もよくご存知のように漢字には形（けい）・音（おん）・義（ぎ）の三つの要素があります。倭国には文字がありませんでしたから倭語を書き留めるために語義とは何の関わりもない発音の近い漢字を一音一字で当て、例えば、倭言葉の「うつろふ」は「宇都呂布」と書きました。

しかし、ときには漢字のもつ意味を生かして「鶴」や「鴨」のように倭語の二音を一文字で表記します。奴我（やつかれ）はこうした漢字の使い方が面白くて書物に親しむようになりました。次は、吾共（われども）が暮しているこの「飛鳥」です。「あすか」は元々は「安須迦」・「安須」・「阿須可」・「明日香」などと漢字を当てていました。倭語の「あすか」は川などによって運ばれた土砂が堆積して形成された場所のことでした。そして、この「あすか」は飛鳥川が流れ込む「大和湖」の東岸の葦原のことで水鳥が多く飛来する土地でしたから、「飛ぶ鳥のあすか」と言われていたのが、いつしか「あすか」を「飛鳥」の二字で現わすようになったのです。さてもう一つ、倭語の「やまと」についてお話しします。「やまと」は、「倭」・「山常」・「八間跡」・「邪摩堆」・「大和」などと漢字を当てていますが、「山門」とも「山戸」とも書きます。深い山に入る入口という意味からです。ついでながら「もり」は「母理」・「文理」・「茂理」・「社」・「神社」などと書き、「はやし」は「拝志」・「拝師」などと書きます。さて余談ですが、「やまと」を「倭」と書いたのは中国人です。「倭」は「従順な」という意味があり、彼らが卑称とする「矮（わい＝小人）」に字形が通じるので、「倭」の代りに同じ「わ」と発音する字で「やわらぐ」という意味を持つ「和」の字に美称の「大」の字を添えて「大和」と書くようになったという説がありますが皆様はどうお考えでしょうか。

辰仁はここまで話すと、木簡と筆を下に置いて一息ついた。話に調子が出てきたので

――ではもう一つ、「大王（おおきみ）」についてお話します。この倭国には多くの「くに」がありました。人は河川や湖や沼のあるところに集まり共同して治水し、農耕をして来たのですがこの共同の労働を指揮、監督する権限を持った人を「きみ」といい、「君」の字を当てていました。そして、いつの時からか「王」の字を当てるようになり、尊称として「おほきみ」といい「大王」の字を当てるようになりました。そして、今は王の中の王のみを『大王（おおきみ）』というようになったのです。さて、この飛鳥寺の辺りは、古くは「真神原（まかみのはら）」といわれ、「真神」とは狼（おほかみ）のことで、この辺りは狼が群棲していた土地なのです。狼は農業の妨げとなる獣たちの天敵でしたから神の使者として崇められ、この聖地を治める人もまた特別な力を持った人として「おほかみ」といい、転じて「おおきみ」というようになったというのですが信じてよいものでしょうか。

辰仁がこう話すと寺堂の聴衆は、どっと笑い声を発した。

法師は辰仁の講話をここまでとした。僧や学生たちが退席した後、師の指示で一人堂に座していると、一人の偉丈夫な青年が現れた。法師が

――この者が船史辰仁（ふねのふひとしんにん）と云い、書庫の整理をやらせております。

と案内し、辰仁に

――この方は葛城王子（かづらきのおうじ＝後の中大兄皇子）であられる。お言葉を賜るそう

じゃ。

と言われた。辰仁が畏（かしこ）まって平伏していると、王子（おうじ）は

―其方（そなた）が恵尺（えさか）どのの子、辰仁か。堂の隅で聞いていたが見事であった。「大王」が「狼」とは面白い。法師から貴方はまだ十歳に満たないと聞いたが、話のついでに聴衆を笑わせるなど只者（ただもの）ではない。

と言う声が頭上でした。その声は、以前に書庫で聞いた、「私がお聞きしたいのは、旻法師の説かれる天命のことです。天命による王朝交代の是非のことです」と言うあの若い張りのある声の主であった。

―さあ、立たれよ。野（や）に遺賢なからしむのが政（まつりごと）をする者の努め。時来たらば国の為に尽して欲しい。これからは、船史辰仁を「音辞の博士」と呼ぼう。

と言われ

―今日の出会いを記念してこれを受け取ってくれ。

と言うと、葛城王子は鮮やかな朱塗りの書刀を辰仁に手渡した。柄の端に銀装の環頭を持つ片刃の刀子で、木簡などに書いた漢字の誤りを削るものであった。別れ際、王子は法師に

―辰仁は思いの外、逞しい躯をしておりますな。

と言われた。法師が

―辰仁は書物の虫ですが、見かけに寄らず馬駆けが得意なのです。封戸（ふこ）のある河内の

野中郷より竜田越（たつたごえ）でここまで一気に駆けて来る乗馬の名手です。

と言うと、王子は辰仁に

─　いつか馬競（うまくらべ）をしたいものだ。

と声を掛けられた。

（三）乙巳（いっし）の変

辰仁と兄の辰寿が共に河内の父の元に帰ったとき、辰仁が葛城王子から「これより〈音辞の博士〉と呼ぼう」との言葉を贈られ、朱塗りの書刀を賜ったことを報告すると、以外にも父は厳しい顔になって

─　どうも昨今、不穏な話を耳にする。葛城王子（かつらきのおうじ）は、今は中大兄皇子と呼ばれている。父・舒明大王が崩御されたときは、わずか十六歳で大王就任の年齢に達しておられ

ず、父の跡を継ぐことができなかった。そのため一時的に母が即位して皇極大王となられたが、中々世は定まらない。二十歳になられた今、中大兄皇子は中臣鎌足どのと度々、唐帰りの儒者である南淵請安（みなぶちのしょうあん）どのの学塾に足を運び、大唐（もろこし）や半島の動静を論議されているようだ。このところ百済より援軍の要請が慌ただしいので強力な国軍の編制が急務だとの議論のようだ。倭国の大王はこの国を遍（あまね）く治めていくとき、地方豪族の領民を割きとって部民とし、それを畿内を本拠とする中央の王族・豪族が分割領有したのだが、いったん領有された部民は王権の意のままにならず、兵士の徴発も豪族たちの協力を待たねばならないのがお二人の大きな不満なのだ。一方、蘇我氏は国政審議 を主導する大臣（おおまえつきみ）を代々世襲し、独自の軍事力と財力を有しているのは万民の知るところである。今、蘇我入鹿どのは、その若さと知略にまかせて性急に自ら国軍確立を企てておられる。この国にどのような内乱が起こるかもしれないと思うと我は不安で夜も寝れない。どうか、お前たちは政変にまき込まれぬよう勉学一途に励んで欲しい。

と諭し一息つくと

――日文（にちぶん＝僧旻）・玄理（くろまろ）・請安（しょうあん） の三人は共に古くこの倭国に渡った漢人氏族の出身で、彼らは隋から唐へと渡り大陸の進んだ有らゆる学問を学んできた当代髄一の碩学である。推古十六年（六〇八）に遣隋使小野妹子と共に隋に渡り、僧旻師は隋・唐に二十四年滞在し、玄理・請安のお二人は実に三十二年間も隋・唐に滞在して帰朝された。初めて大陸を統一した隋が内乱の末に滅び、唐王朝が成立する様をつぶさに見て来た三人から政（まつりごと）をされる方々が大唐（もろこし）の政情や統治制度を聴こうとされるのは当然のこと。お三方が、大王の庇護もない異国の地で艱難辛苦を乗り越えて生き抜き、且つ多くを学ばれたことを思うと胸がつぶれる。

と言うと、しばし瞑目して落涙した。そして

――中大兄皇子と鎌足どのは、儒学家の南淵どのから「周孔の教え」即ち「仁（じん）」と「徳（とく）」を、また旻師からは「仏の教え」と儒学の「天命思想」を学び、玄理どのからは大唐の「律令や官僚制度」を学んでおられる。

と語ると

――辰寿、辰仁よ、二人共しっかりと師から学び、時が来れば大唐（もろこし）に渡り倭国のために働かねばならぬ。

と言った。兄の辰寿が身を正して

――吾（われ）は仏法を深く学びたいと思います。

と答えると、辰仁は

――父上、「天命思想」とはどの様な考えなのでしょうか。

と訊ねた。寺の書庫で聴いて以来、この言葉が頭から離れなかったのである。

――「天命思想」とは天子が天下を治める根拠を天命、すなわち天帝の命令に求める考えである。

つまり、天は天子（皇帝）に命を下して政治を任せるが、もし天子が民を苦しめる悪政を行ったときにはこれを滅して別の相応（ふさわ）しい人を選んで新たな命を下す。天命による王朝交代を認める中国の儒学の思想だ。

こう話すと父・恵尺は

―　旻師は、古代からの神祇信仰と、道教の神仏信仰にも造詣が深く、暴君の悪政を抑制する思想としてこれを説いておられるのだ。

と付け加えた。これを聴いて辰仁は少し納得し

―　吾（われ）は大唐（もろこし）の言葉が話せるようになりたいと思います。

と応えて父を悦（よろこ）ばせた。

皇極四年（六四五）、六月のことである。夕餉も済んで皆が宿坊に下り、辰仁もいつものように講堂の書庫で書物の整理をしていると、馬の嘶（いなな）きがし、南門を忙（せわ）しく叩く音がした。門越しに訊ねると

―　大海人皇子（おおあまのみこ）である。旻師に取り次いで頂きたい。

と切羽詰まった声がした。講堂に案内して師を呼びに行き、白湯（さゆ）を出すと辰仁は再び書庫に戻った。中大兄皇子の弟君である大海人皇子が晃師を敬い度々ここへ来られているのは知っていたが、こんな夜更けに来訪されるのは只事ではない。辰仁は胸騒ぎがして二人の交す言葉に

耳を澄ました。

―高き山に現れた巨岩は何百年かに一度、麓まで転げ落ちます。その岩が二つなら、どちらかが火花を散らし粉々になって消えていきましょう。此度の話を中大兄皇子が明かされたのは貴方さまを信頼されてのこと。お話しは受け賜りました。ここは蘇我氏の氏寺です。静かにお帰りなされ。

と言う師の声だけが耳に届き、暫くして蹄の音が夜陰の中に消えていった。

辰仁が今日見た事、聞いた事をあれこれ考え寝つかれないでいた真夜中、突然銅鑼（どら）が叩かれ飛び起きた。僧坊で就寝していた僧や学生たちも何事かと講堂に集って来ると、師は

―これより夜行（やこう）の業（ぎょう）に入る。速やかに身を整え田身嶺（多武峰たむのみね）」に向かえ。

と告げられた。旻師は、これまでも春には天神を祀る天宮のある「田身嶺」への行脚業（あんぎゃぎょう）を行ってきた。僧たちは先導の者の松明（たいまつ）に従って粛粛と列をなし寺を後にした。素足に藁草履（わらぞうり）姿の僧たちには六月の夜更けはまだ寒かった。

寺には旻師と辰仁だけが残った。師は辰仁に

―書庫に入り、中から閂（かんぬき）を掛けよ。そして奴我（やつかれ）が命じるまでは開けてはならぬ。出ることもならぬ。

を明かした。

と言うと丈六の釈迦如来を祀る中金堂に籠られた。辰仁は書庫の中で師の読経の声に唱和して夜

　天井の明り窓から斜めに日が射し始めた時、突如として人馬の地響きが飛鳥寺を取り囲んだ。

辰仁は何が起ったのかと動転したが外に出ることも出来ず、師を呼んでも声は返って来なかった。

暫くして、講堂に人の入る気配がした。

—　法師さま。川向うの蘇我父子の要塞・甘樫岡（あまかしのおか）攻略のため、中大兄皇子の

命により、只今よりこの飛鳥寺を朝廷軍の軍営と致します。臣（やつかれ）は王子配下の将軍・

巨勢徳太（こせのとこた）と申します。間もなく中大兄皇子、中臣鎌足さま、蘇我倉山田石川麻

呂さまが到着されます。

とその男は一際大きな声で告げた。法師は静かな声で

—　寺は仏さまを祀る所。血生臭いものは一切持ち込んではなりませぬ。講堂は軍議のみにお使

い下され。

と応えられるのが聞えた。

　辰仁はやっと許されて南門に出てみると、長槍を高々と天に突き上げ何度も何度も勝ち鬨（ど

き）の声を上げる舎人（とねり）や衛士たちの姿が日に入った。その数、千人余り。顔に返り血

を浴びた者もいて思わず後ずさりしたが気を取り直してよく見廻すと、長槍の先に血のしたたる人の生首があった。それは見紛うことなく「入鹿さまの首」だった。辰仁はその場に坐り込んでしまい、今、何が起きているか全く理解できなかった。這うようにして書庫に戻ると、やっと昨夜の大海人皇子の来訪の意味が少し分かるような気がしてきた。「二つの巨岩が山を転げ落ち、ぶつかればどちらかが粉々に砕け消える」と言う師の声が甦ってきて、砕け散った一人が「入鹿さま」だったと思い知った。では、残った巨岩は誰なのだろうか。辰仁は空腹も忘れて考えを巡らせた。

講堂の中央に座した中大兄皇子は、前に侍（はべ）る中臣鎌足・蘇我倉山田石川麻呂・阿倍内麻呂・巨勢徳太（こせのとこた）・大伴長徳（おおとものながとこ）・佐伯子麻呂・葛城稚犬養網田（かづらきのわかいぬかいのあみた）・船史恵尺らに向かい

――我（われ）が全軍の指揮を取る。嗣位（ひつぎのくらい）簒奪（さんだつ）を企てた逆臣蘇我入鹿は只今誅殺された。皇極大王は飛鳥板蓋宮におわし、軽王子と大海人皇子がお護りしている。我らは直ちに甘檮岡（あまかしのおか）に参集している賊党を攻め滅ぼす。船史恵尺どのは蝦夷（えみし）邸に入鹿の首を返し、速やかに自尽（じじん）されるよう説かれよ。巨勢徳太どのは甘檮岡の砦に向かい、入鹿に仕えた東漢氏（やまとのあやし）の面々と、と高向臣国押（たかむくおみのくにおし）に徒然（いたずら）に誅（ころ）されるなと説諭（せつゆ）せよ。

と下命された。

講堂の隅に蹲（うずくま）っていた辰仁は、そこに父・恵尺が侍（はべ）っていたのを見て動転した。更に驚いたのは、蘇我氏の有力氏族である石川麻呂さまと一年半前に入鹿さまに命じられて上宮王家の山背大兄王（やましろのおおえのみこ）さまを討滅させた巨勢徳太（こせのとこた）さまのお二人が政変の功労者として上段に座していたことである。

軍議が終り恵尺が退座しようとして息子の辰仁に気付くと足早に近づき

―政（まつりごと）では何が起きるか判らない。臣らが生き延びる道は限られている。持てる力を尽くすだけだ。

と語りその場を去ろうとしたとき突然、中大兄皇子が

―お二人、暫しお待ち下され。甘樫岡を制圧すれば直ちに兵を角鹿（つぬか＝敦賀）に差し向けるが、彼の地は蘇我の海運の本拠地。残党がそこから新羅へ逃げ、援軍を請えば事は面当な事になる。そこで辰仁、其方（そなた）が一足先に越に向かい、角鹿の津に浮ぶ軍船（いくさぶね）・交易船・漁舟の全てを沖に移せ。一兵たりとも海を渡らせてはならない。船史（ふねのふひと）の一族である辰仁であれば、蘇我の船史に我（われ）の密書を届けることが出来よう。

こう下命されたのを聞くと、恵尺は恭（うやうや）しく頭を下げ

―越の船史は臣（やつかれ）の甥（おい）の辰孫で、辰仁の従兄弟で御座います。互いに見知りの仲。臣も文を持たせます。それに辰仁は馬競（うまがけ）の名手です。きっとご下命にお応

えするでしょう。
と応えた。中大兄皇子は辰仁に駅鈴（うまやのすず）を渡し
―　大津、三尾城（みおき）と馬を乗り継ぐがよい。道中の武運を祈る。
と言うと護身の太刀を下賜された。父、恵尺は辰仁の肩を叩いて
―　淡海（おうみ＝琵琶湖）の北は蘇我の地なれば、駅舎では決して目的を口外してはならない。食事の供応も受けてはならない。必ず生きて戻れ。
と手に力を籠めて励ましてくれた。この時、辰仁は西も東も分らないまま自分も政（まつりごと）の坩堝（るつぼ）の中へ放り込まれたのを知った。

辰仁は、まだ朝飯を食べていなかったのに気付くと急いで賄女（まかないめ）に握り飯と塩菜を用意してもらい寺を後にしようと境内に出た。そこには諸皇子・諸王・諸卿大夫が続々と詰めかけており、その中をかき分けるように古人大兄王子が駆け込んで来られた。古人大兄王子は異母兄弟（母は蘇我馬子の娘）で古人大兄（長男）と呼ばれ、中大兄皇子は中大兄（次男）と呼ばれていたが、入鹿さまの後ろ盾で次の大王と目されていた人である。古人大兄王子は
―　我（われ）はこの飛鳥寺で出家し、仏道を修めて大王をお助けしたい。
と言われた。入鹿さまが死んだ今となっては王子が大王になる途は潰（つい）えたのだと辰仁にも分かった。旻師はこの申し出を快よくお受け入れになった。

辰仁は父が自ら描いてくれた駅路図を頼りに飛鳥寺脇の中つ道を木津川沿いに宇治まで走り、大津で馬を乗り替えると淡海（琵琶湖）の西岸を北上し、一気に荒れ野の小路に馬を走らせ、三尾城（みおき）で二度目の馬替えをした。そして、愛発（あらち）の大関を無事通り抜けると角鹿（敦賀）の船史の館に駆け込んだ。

辰仁が船史の辰孫に京（みやこ）で起きた政変を伝えたのは、正に陽が西に傾こうとする時刻であった。

――臣ら船史（ふねのふひと）は才伎（てひと）として時の主君に仕える身。入鹿さまが誅殺され、政（まつりごと）がまだ定まらぬ今は船を沖に移して戦の推移を見守るのが得策と心得ます。奴我（やつかれ）も共に船に乗り、事の決するを見守ります。万が一、蘇我の賊党が勝利すれば、船を敵から守ったと言って、奴我を突き出して下さい。

辰仁の必死の説得に辰孫は大きく肯（うなず）き、全ての船を沖に消したのだった。

この日、皇極四年（六四五）の六月十二日は辰仁の生涯においても決して忘れることのできない永い一日であった。人は今日の出来事を『乙巳（いっし）の変』という。

角鹿の津を望む岡の上に建つ蘇我氏の要塞が直赤な炎に包まれ空を焦がすのを、辰仁が船上から目にしたのは翌日の夜であった。このとき中大兄皇子は弱冠二十歳。蘇我入鹿、三十五歳。中臣鎌足、三十一歳。辰仁はまだ十歳になったばかりであった。

六月十四日。辰仁が角鹿にある蘇我の宮が炎上したことを一早く伝えるべく飛鳥寺に駆け戻ると、寺は何事もなかったかのように静かで、父の恵尺と旻師が帰還を喜んでくれた。そして昨日の昼、父の説得により年老いた大臣（おおおみ）の蝦夷さまが自尽（じじん）され、ここに蘇我宗本家が滅亡したことを知らされた。辰仁が飛鳥川の向こうを望むと、威容を誇った甘橿岡の要塞はまだ黒煙を上げていた。

蘇我氏の滅亡から六日たった六月十九日。飛鳥寺の西の聖なる「大槻の広場」において誓約の儀が執り行われた。皇極大王は大王位を弟君の軽王子に譲られ皇祖母尊（すめらみおやのみこと）となられ、軽王子は孝徳大王となられた。中大兄皇子は皇太子（ひつぎのみこ）となられ、左大臣に阿倍内麻呂（あべのうちまろ）さま、右大臣に蘇我倉山田石川麻呂さま、内臣（うちつおみ）に中臣鎌足さまが任命された。他に新しい大王を支える多くの群臣（まえみつきみ）の方々が列席されていて、その中に旻師や父・恵尺の姿もあった。辰仁は寺の西門の階（きざはし）に腰を下ろし、遠くからこの儀式を見ていた。風に送られて聞える詔（みことのり）はこの度の流血の政変は天の意志であることを伝え、将来この新政権に謀反を企む者は蘇我氏同様厳しい天罰が下されるであろうと宜（せん）し、「大王は政権を分裂させず、臣下も朝廷に二心をもたないことを共に誓う」と宣言されていた。辰仁にはこの誓約の言葉が何か虚ろに聞えた。ふと儀式の行われている「大槻の広場」の向うに目をやると、蘇我父子の栄華を誇った甘橿岡の上宮門（うえのみかど）と谷宮門（はさまのみかど）が真黒に焼け落ち無残な姿を曝（さら）しているのが見えた。かつて書庫で聞いた「天命を誰が聞くのかが問題です」と語った入鹿さまの野太い声が耳に蘇り、かっと眼（まなこ）を見開いた槍先の生首が目に浮んでくると、辰仁は耐えきれずその場に蹲（うずく）まった。

（四）中臣内臣（鎌足）さまとの出合い

『乙巳（いっし）の変』の後、旻法師と高向玄理さまは国博士（くにのはかせ）に任じられた。噂によれば、南淵請安さまは儒家であったが、天命による革命を善しとせず国博士を受けられなかったという。辰仁は皇太子・中大兄皇子より功田四町歩と無文銀銭十二枚を賜わったが、功田は寺に寄進し、引き続き飛鳥寺で音辞博士として旻師の下で学ぶことを願い出た。

辰仁は余りにも烈しい世の移り変わりに馴染めず、終日寺の書庫に閉じ籠ると、今まで以上に勉学に励み、古今の音辞の手引きとなる『字書木簡』の作成に没頭した。

義慈王二年（六四二）。百済の義慈王は八十年前に新羅に奪取された旧伽耶地域を大軍を指揮して奪還した。義慈王が大挙して新羅に侵入できたのは、それまで敵対一方であった高句麗が中国に成立した随や唐帝国との戦に追われ、背後の百済との和親に転じたからであった。これを機に義慈王は、伽耶地域を「君父の地」とする倭国に王子・扶余豊璋を人質として送り、和親の証とした。倭国は新羅から受けていた任那の調の貢納を百済から受けることになった。

大化二年〈六四六〉九月。孝徳大王は、高向玄理師を新羅に派遣し、今後、任那の調を貢納する必要のないことを伝えた。その一年後、大化三年（六四七）。新羅の王子・金春秋（こむしゅんじゅう＝後の武烈王）が倭国を訪れ、高向玄理師と共に飛鳥寺を訪ねて来られた。辰仁は、唐人かと見紛（みまが）う優雅な身のこなしの春秋王子と、高齢の玄理師を講堂に案内し、堂の隅に畏（かしこ）まった。旻師は、「辰仁の語力ではまだ十分に我らの話が理解できぬやも知れぬが、耳を澄ませて聴いておれ」と言われた。

──旻法師、玄理師の二博士にお目にかかれ光栄の至りです。

──先年、私が御国を訪ねて余り日も経ちませぬのに、春秋王子は体を休める暇（いとま）もないご活躍。

― 拙僧も玄理どのから王子が五年前に高句麗へ赴（おもむ）かれた時のご苦労は伺っておりますが、その後、何か変化はありましたかな。

― 高句麗へは宝蔵王（ほうぞうおう）の即位を祝うための使者でした。宰相の淵蓋蘇文（えんがいそぶん）どのにも会いましたが、唐の軍事遠征が迫っているこの時に、他国と揉めたくないのが本心で、百済、新羅の問題には関与したくないのがよく分かりました。

― 高句麗は、新羅と百済には諍（いさか）いを続けさせて、百済とは密約を結んでおけば南方の憂いはないと考えているのでしょうか。これではいつまでたっても半島に平安は望めません。

― この度の唐の東征軍は突厥を支配下に収め、高句麗征討を永年の宿願としているのは明らかです。そして、半島制圧が最終目標なのです。半島の次に倭国制圧は目に見えています。しかし、倭国でそのことを心配するものは殆どいません。

― 博士の玄理師がそこまでお考えなのに倭国の朝廷はどうして唐に対して無防備なのでしょうか。

― 孝徳大王は親唐政策を採っておられるが、唐のことをよくはご存じない。倭国もまた小倭の帝国を夢見ているのです。自国を小中華の帝国と夢見るのは、貴国・新羅も百済も同じでしょう。

― 元を質（ただ）せば、新羅と倭国は兄弟なのです。今を遡（さかのぼ）ること約八五年、欽明三〇年（五六二）。新羅は伽耶地区の一国、大伽耶を制しました。その遺民は今日の新羅国の礎（いしずえ）となりました。奴我の妻も金官駕洛（きんかんから）国の王家の出身です。また、我が国の大将軍、金庾信（こむゆしん）は妻の兄です。倭国においても遡ること三〇年（五三二）。加羅国の滅亡により倭国に渡った遺民により、今日の倭国の礎が築かれたと承知しております。

――似た者同士ということでしょうかな。

――その兄弟が、手を携えなくてどうするのです。唐軍には勝てなくとも高句麗戦で消耗させればよいのです。

――春秋王子は、この次は唐へ赴かれると聞きましたが、策はおありかな。

――高句麗は百済と連携して、新羅の唐への朝貢路を塞いでいます。新羅は、唐に今まで通りの冊封関係を求め、先帝の遠征失敗の轍を踏まれぬよう進言します。

――拙僧には、政（まつりごと）の駆け引きはよくは分かりませぬが、「策士、策に溺れる」という諺があります。どうか、ご自愛下さい。

辰仁は、堂の片隅で三方の流暢な唐語での会話を聴いていたがよくは理解できなかった。しかし、倭国を取り巻く政が穏やかならぬことは分かった。それにしても、金春秋王子の弁舌の爽やかさと、王子の身で諸国を駆け巡る行動力と胆力には恐れ入るばかりであった。

『乙巳の変』の後、孝徳大王の治世となって世の中は慌ただしく変わった。先ず、人民を全て戸籍に登録し、確実に税と兵を徴集する仕組みが出来た。また、文書の読み書きが出来る官人の養成が急務だったので還俗（げんぞく）して大学寮に入る僧が急増し、飛鳥寺でも僧と学生が半減した。

新羅の金春秋が対高句麗政策での連携を求めて倭国へやって来た時、孝徳政権は早くも分裂の兆しを見せていた。政権中枢の孝徳大王や、巨勢徳太・大伴長徳と、政権内で最大の勢力を誇っていた蘇我倉山田石川麻呂との対立の末、石川麻呂は中大兄皇子の暗殺計画の廉（かど）で自尽（じじん）に追い込まれてしまったのである。麻呂の最後の言葉は、「生々世々、君主を怨むまじ」という皮肉に満ちたものであった。図らずも人心は中大兄皇子に集まった。金春秋は三カ月の短い滞在ののち唐に渡り、対高句麗連盟の道を求めたのだった。

大化四年（六四八）に宮が難波長柄豊崎に遷されてから飛鳥に居を構える豪族も難波に移ると、地方の国司や郡司の猟官運動は一増激しくなり、広大な宮殿は膨れ上った官吏たちで満ちているとの噂は、辰仁の耳にも街のざわめきと供に伝わってきた。

気が付くとあれから八年もの年月が過ぎた。そして、寺の書庫には書き溜めた『字書木簡』が優に千枚を超えていた。

旻師が病に倒れられたのは白雉四年（六五三）の正月だった。永年のご苦労が重なって心の臓を患い、余命幾許もないことを悟られた師は新漢人（いまきのあやひと）の氏寺である難波の阿

曇寺（あずみのてら）で病を養われた。辰仁は三日に一度、馬を駆って師を見舞った。そんな或る日、師は
―　近く内臣（うちつおみ）であられる中臣鎌足どのが飛鳥寺を訪れられるので心してお迎えするように。

と申し付けられた。中臣内臣（鎌足）さまは輿に乗り、供を従えてお越しになった。辰仁は寺堂で初めて身近にご尊顔を拝したが、内臣さまはその威厳のある立ち居振る舞いに拘わらず、思いの外優しい眼をされていた。

―　其方（そなた）が船史恵尺どのの次男、辰仁であるか。大そう聡明な音辞の博士がこの寺にいると皇太子（ひつぎのみこ＝中大兄皇子）から伺っている。今日は忌憚なく其方と話をしたい。

―　奴我（やつかれ）は、旻師に許されてこの寺の書庫に勤める学生（がくしょう）にすぎません。わざわざのお運びに恐縮しております。

―　所で、辰仁どのは今、何に力を注いでおられるのかな。

―　奴我は、先達が苦労を重ねて造り上げられた倭風漢文体とでもいう倭語の表記事例を古書より拾い、『字書木簡』を書き溜めております。今までは旧辞の解読を面白く思っていましたが、これからは誰もが等しく倭語を表記できる字典を創りたいと思案しております。いつ完成するか目処も付きませんが。

―　民が共通の文字を使うようになれば心豊かな国になる。その為には統制のとれた強い国が必

要なのだ。辰仁、そなた、仕官して国のために尽くさぬか。図書寮に音辞博士の職位を用意しようと思う。そして、いずれは図書頭（ずしょのかみ）となって後進の指導に当って欲しい。

―　奴我（やつかれ）は、大学寮へも入っておりません。その様な者に将来官僚になる人の指導が出来るとは思えません。

―　有力な氏族の師弟を官吏にとりたてる途を用意することによって世の中が安定する。その為に父祖の位階によって、その子孫も一定の位階が与えられる蔭位（おんい）の制度があるのは其方も知っておるだろう。今、新しい国を築く為にはまだまだ人材が必要なのだよ。

―　一つお訊きしたいのですが、新しい国をつくる此の度の革命は、内臣（うちつおみ＝鎌足）さまのお考えなのでしょうか。

―　主導されたのは軽王子（＝考徳大王）である。中大兄さまや臣（やつかれ）は大王に導かれてお仕えしている。大王は皇祖母尊（すめらみおやのみこと＝皇極）を永く補佐されてきて、旧来の政（まつりごと）の欠陥を隅々まで良く知っておられる実務家である。大王は蘇我氏を初めとする豪族たちが領有する土地や部民を取り上げて公地・公民とし、国（くに）・評（こおり）として治め、新しい世を『大化』という年号で開かれたのである。仏教によって国と王権を護持し、儒教によって君臣の秩序を揺るぎないものとされた。大王を「仏法を尊び、神道を軽んずる」と非難する者がいるが、大王は徳をもって民を治めんとされている。

―　旧俗を廃する急激な改革には民のみならず、有力氏族も付いていけないのではないでしょうか。

――確かに、大王の矢継ぎ早の詔には事を急ぎすぎるとの反撥があるかも知れぬが、覇者が武力で世を治める時代を終わらせねばならぬ。この志（こころざし）は、辰仁、其方たち若い世代に引き継がれねばならない。

――内臣さまも申されたように、誰もが等しく倭語を表記できれば、この国はもっと豊かになります。音辞の研究は人に管理されたり、位階を与えられて進むものでないように思うのです。奴我は、決して怠惰な人間ではありませんが、とても寅（とら）の刻に王宮の南門で列をなし、日の出を待って出仕し、午（うま）の刻に鍾（かね）を聞いて退庁する日々には耐えられそうもありません。それに、これは申し難（にく）いことですが、民をすべて戸籍に登録し、確実に税と兵を徴集する国家というものが、奴我には息苦しく思えるのです。奴我は、寺の書庫にある旧辞が読めれば満足です。

――うむ。そこを旻師も案じておられた。と言っていつまでもこの寺の書庫に閉じ籠っている訳にもいかぬであろう。この寺も今は我（われ）が家財を割（さ）き講説の資を提供しているが、此の度の改新により、近く新しく任じられた法頭（ほうず）の管理下に移る。辰仁よ、これは旻師のお考えなのだが、そなたが中大兄さまより賜った功田四町歩は寺に預けられているが、これを戻し、資として学塾を開いてはどうか。やはり、この方が其方を生かす道かも知れない。

——取柄のない奴我(やつかれ)のことをそこまで心配していただき身に余る光栄です。

——それでは、席は図書寮に置くとして、辰仁の私塾を開くとしょう。そこが京の秀才が集う談論の場となればそれもよい。そこに中大兄皇子の子・大友王子(おおとものおうじ)も加え教授願えぬであろうか。これは、中大兄さまの願いでもある。大友王子には何人もの侍講が付いているが皆年寄りばかりなのだ。

ここまで話すと、内臣さまは
——それにしても其方は、我(われ)の若い頃と似ている。我も昔、大王から神祇官になるよう求められたとき、病を理由に山階(やましな)に戻り隠棲したことがある。

と慈しみの言葉を残して帰られた。

辰仁は旻師と内臣さまの計らいで飛鳥寺の東南の隅に小さな庵を結び、学塾を開くことが出来た。また父・恵尺から遣わされた老夫婦が身の廻りと馬の世話をしてくれることになった。

その年の春、朝廷は永く途絶えていた遣唐使を慌ただしく派遣した。その一行の中に辰仁の兄・辰寿と内臣さまの長男・真人の名前があった。辰寿は僧名を道昭(どうしょう)といい、真人は定慧(じょうけい)と言った。道昭は二十四歳、定慧はまだ十歳であった。遣唐使には二名の他にも多くの学問僧や学生がいたが、皆官吏としての側面を持ち、文筆技術に長けた渡来系氏族の子弟たちであった。

辰仁は父・恵尺と兄・道昭の計らいで内臣さまと定慧を庵に招き、旅の門出を祝う小宴を設けた。

父・恵尺は道昭が遣唐使に選ばれたことを一門の誉れと喜び、内臣（鎌足）さまに深く感謝の言葉を述べた。それに応えて、内臣さまは

――『大化改新』の礎（いしずえ）は、恵尺どのが燃えさかる蘇我蝦夷の館から『國記』を取り上げ中大兄さまに献上したことに始まる。この『國記』によって王家を凌ぐ蘇我の血脈と国支配の実態を詳しく知ることが出来た。飛鳥の檜隈（ひのくま）は言うに及ばず、大和・山城・河内、遠江（とうとうみ）・上総（かずさ）・下総（しもふさ）、美濃・信濃・陸奥（むつ）、越、丹波・但馬、播磨、吉備、周防（すおう）、阿波・讃岐・土佐、吉備、筑紫、肥國まで隷属させていたのである。この『國記』に基づき大王は、直ちに東国をはじめ、全国津々浦々まで使者を派遣し改新の詔を伝えることが出来た。そして、戸籍をつくり、田地を調査し、兵器を収公された。ここより新しい世が開けたのである。一人の英傑、一冊の書物によっても国は変わる。若い諸君は大唐（もろこし）の鼓動をその耳で聴き、その眼で見抜いて来て欲しい。

と、送別の言葉を述べられた。

舒明二年（六三〇）に始まった第一次遣唐使から二十三年たった白雉四年（六五三）五月。第二次遣唐使が派遣された。二艘の船に百四十一人が乗り込んだが、その中に定慧と道昭がいた。この第二次遣唐使派遣の二年前、唐の高宗は、百済王・義慈王の遣使朝貢にたいして璽書（じしょ）を与え、百済が兼併した新羅の城は本国（新羅）に返還し、新羅が百済から捕虜としたものは百

済に返すべしと述べ、もしも百済がこの指示に従わなければ新羅との決戦に任せるとした。更に、高句麗が高宗の命令を承知しなければ契丹、諸蕃をして抄掠（しょうりゃく）せしめんと付記した。唐の朝鮮三国に対する強圧的な干渉と、百済、新羅が送ってきた使節の知らせに脅威を感じた倭国の朝廷は、急遽、遣唐使を派遣したのである。

この年、辰仁は生涯忘れることの出来ない別れを迎えた。白雉四年（六五三）、十月。父とも慕う旻師が安曇寺で亡くなられたのである。御歳、六十五歳であった。孝徳大王、皇祖母尊（すめらみおやのみこと＝皇極）、皇太子・中大兄皇子、大海人皇子から弔使が遣わされた。

師はとても学問僧の枠に収まる人ではなく、国の行く末を憂える国士でもあった。辰仁には、師の学識が仏教のみならず儒学から道教にまで及び、余りにも偉大すぎて非才の自分ではとても理解できないもどかしさに永年苦悩してきた。人は古来より天変地異におののき神の祟（たた）りを恐れ、不老長生を願い、死を迎えると苦界から極楽へ導いて下さる仏にすがるが、師は唐で学んだ天文知識で天地の異変を説き、政（まつりごと）を行う君主に徳がなければ世は乱れると為政者を諌（いさめ）られた。また、民意を尊重せねば天命により革命が起きるとする「孟子」の易姓革命の思想を力説されたが、覇者が皇帝となる君主観は採られなかった。一方、師は僧としてお釈迦さまの教えである「悟り」と「慈悲」を説かれた。師の教えは広大無辺で、とうてい辰仁が全てを学びとることは出来なかったが、亡くなってみるとその喪失感は深く、何を以ってしても埋めることが出来なかった。

翌、白雉五年（六五四）、十月。旻師に深く帰依しておられた孝徳大王が薨（みまか）られた。御歳、五十四歳であった。京は難波津から飛鳥に遷され、高向玄理さまが高齢を押して慌ただしく入唐された。そして、皇祖母尊（すめらみおやのみこと＝皇極）が重祚（ちょうそ）され、斉明大王になられた。この年、倭の海の向うでは時代が激動していたのだが、政（まつりごと）に疎い辰仁は私塾に学生や百済の学者を招いて、中臣内臣さま差し入れの濁酒（にごりざけ）を飲み、漢詩を朗詠し、女装歌を交わし合っては談笑して無聊（ぶりょう）を慰める日々を過していたのだった。特に女装歌は男が女に成り代わって奔放に男を誘惑する趣向で、若者の間で人気があり、歌の後に「女郎」又は「郎女」と記し「いらつめ」と読み、倭言葉では「大名児（おおなご）」と言った。女装歌の作者名に「額田王（ぬかたのおおきみ）」又は「額田女王（ぬかたのひめみこ）」を使う場合もあったが、こちらは磯城島大王（欽明）の妹・額田部皇女が今に語り継がれる絶世の美女だったことから使われるようになったとか、額田が新嘗祭の田植の田を表わし、巫女が裾（すそ）をたくし上げて田植をする艶めかしい姿から来たとも言われ、在世の女人ではなかったが、辰仁は「女郎」より少し上品な「額田王」の方が好みだった。

（五）民草

大友王子（おおとものおうじ）は月に二度ばかり従者をつれて辰仁の学塾を訪れた。内臣（うちつおみ＝鎌足）さまの言われる通り聡明で明るい王子であった。辰仁は机上にあった『論語』を手に取り、劈頭（へきとう）の句を指差して

―読めますかな。

と言うと王子は

―學而時習之不亦説乎　有朋自遠方来不亦楽乎

〈学びて時に之を習う、亦（また）説（よろこ）ばしからずや。朋（とも）有り、遠方自（よ）り来る。亦（また）楽しからずや〉

と伸びやかな唐音で朗唱したのである。辰仁は

―臣（やつがれ）はとても王子のように綺麗な発音はできません。
と誉めた。そして
―「学びて時に之を習う、亦（また）説（よろこ）ばしからずや。朋（とも）有り、遠方自（より来る。亦（また）楽しからずや」とは、単に学ぶだけでなく実践を通して身につけることにこそ喜びがあり、自分と同じ志を持つ友人たちと学問について語り合えることこそ本当の楽しさだ、という意です。
と話すと、大友王子は
―我（われ）も友を求めて先生の下（もと）に来たのです。
と答えた。辰仁はこの王子がいっぺんに好きになった。そして、この王子には学問より乗馬の面白さを教えたいとも思った。

斉明元年（六五五）、四月。学塾に皇太子（ひつぎのみこ）・中大兄さまから濁酒と酒菜（さかな）が届けられた。酒菜は一尺（以後、現代の三十センチを一尺として表記）余りもある立派な魚で、岩魚（いわな）という渓流に住む魚であった。辰仁はその魚の厳（いか）つい顔と美しい白黒の斑点を散りばめた姿に引き付けられ、使いに来た吉野の漁夫にどこで、どのように漁（と）ったのかと詳しく問い質した。辰仁の「吉野詣」はこうして始まった。
岩魚を届けに来た吉野の轟（とどろき）の与富（よほう）という四十がらみの男が言うには、

吉野川の上流に轟（とどろき）という山里がある。轟の地名は、川全体が何段もの滝となって水煙を上げ、夜となく昼となく水音を「とどろかせている」ことから来たという。与富はその地の里長（さとおさ）であった。里には白蛇神（しろへびのかみ）が祀られていて、この社（やしろ）の白蛇さまが大洪水のときも、日照りのときも水を治めて民を救ってくれるのだという。この白蛇を祀る社（やしろ）の神主は年一度の秋祭りに神戸（かんべ）によって選ばれ、社田（しゃでん）を統（すべ）る。そして、神主は里長（さとおさ）となるのだという。辰仁はこの男と轟の地に興味を持った。

辰仁は　その年の十一月。閑月（農閑期）を待って轟の里を訪れた。轟は飛鳥寺の南東の龍門山地を越えた吉野川の左岸にあった。辰仁は馬で高取（たかとり）から芋峠（いもとうげ）を越えたが、道は嶮しく谷は深くて轟の滝の音を聴いた時はこれぞ霊界と畏れを抱いた。里長の与富は、自宅の別棟に辰仁を招き入れ、「明日は白蛇さまの祭り日なので今夜はここに泊って見物していって欲しい」と言って酒と菜（さかな）を出してくれた。与富は辰仁を「大友王子さまの先生」と呼び畏（かしこ）まっていたが、酒が廻る程に遠慮のいらぬ人柄と分かると里の様子を自慢げに話し出した。

―　今年は大へんな年でした。大王の詔（みことのり）により天宮（あまつみや）がこの轟の上流に建てられることになったのです。そこはここから三里ほどの所で、龍門を拝むことができる霊地です。一直線に伸びた急流が巨大な岩の門の向うに姿を消します。吾共（わども）は郡司さまがここを視察に来られた時、ここを見られてから龍が天に昇る龍門と呼ぶようになりました。今年、田植が終わるのを待って、急に吉野の郡司さまから宮地の開墾を命じられ、轟の里の五十戸は総出で一月かけて木を切り、草を刈り、石を取り除いて平地を作ったのです。里の田畑には手が付けられず、遅れた農作業を取り戻すために夜も月明りの下で働きました。田の草取りに水の管理、百姓は手を抜いた分だけ収穫が減るのを良く知っていますから、誰に言われなくとも必死で働きます。その見返りにこの白蛇社の土地を社田として今後も認めていただくことが出来ましたが、もともとこの社の田は先祖が残してくれた里人の共有地です。この土地があればこそ幾度もの飢饉に耐え、共に生き伸びてこられたのです。吾（われ）は神主として、里長として今年の苦しみは明日への礎（いしずえ）だったと信じています。ところで辰仁さま、大王がお建てになる「天宮（あまつみや）」というのはどういうものなのでしょうか。

―　奴我（やつかれ）にもよくは分らないが、不老不死の術を体得した仙人が住んでおられる宮殿のことです。仙人は天の神で、人々に富と寿命を与えて下さるのです。川や森や土地に恵みの神々がおられるように天にも神がおられるのです。

―　吾共（わども）が整地した土地には白い切り石が敷き詰められていて、来年には京（みやこ）から多勢の大工が来て「通天台」という建物も作るそうですが、それはどんなものなのでしょうか。

―　奴我も見たことがないのだが、天に通じる階（きざはし＝階段）のことです。治天下大王

（すめらみこと）だけが登ることを許されている高台で、そこで天の神々と交心されるのです。

― 京（みやこ）のお寺には仏さまが祠られていますが、仏さまと仙人さまとはどう違うのでしょうか。

― 仏さまは古くは中国でも仙人と言われていたのですが、天竺のお釈迦さまが説かれた仏は衆生（しゅじょう）の生きる苦しみ、病の苦しみ、死の苦しみ、有らゆるこの世の苦しみから吾共（わども）を救ってくださる神なのです。そのためには心の中に仏をお迎えする修業をしなければならないのです。

― 吾共には生きる糧（かて）を与えてくださるお天道さまも、不老長生を与えてくださる仙人さまも、死の苦しみから求ってくださる仏さまも皆ありがたい神さまです。この吉野の龍門に大王が神さまを祠ってくださるのはありがたいことです。

こう言うと、里長は満足そうな笑顔を見せ
― 何のお持て成しもできませんが、今夜はここでごゆっくりとお休み下さい。

と言って部屋を出て行った。

　夜も更け囲炉裏の側に敷かれた蒲団に入ろうかと考えていたとき、引き戸が開き、人が入って来た。先程料理を運んでいたここの娘であった。肩に降りかかった雪を払いながら
― 今夜は特に冷えますから、薪（まき）を持って来ました。

と言うと、両手に持った大きな束から薪を抜き取り、小さく燃えている火の中にくべた。そして
――今夜は吾（わ）が火の番をさせていただきます。
と小声で言った。
娘の名前は初音（はつね）と言った。里長の末娘（すえむすめ）で、十六歳だという。丸い顔にふっくらした体つきで、目が可愛らしかった。
――遠慮なくそばに来て火に当たれ。
と声を掛けると、嬉しそうに恥じらった。辰仁が
――そろそろ床に入ろう。
と一人言を言うと、初音は慌てて戸外に出て行った。戸口で水の音がするので辰仁が不審に思い見に行くと、初音が裸になって水を被っていた。震えている初音に衣服を被せ、抱いて囲炉裏の前に座らせた。
――何をしておったのか。
と問い詰めると、初音は
――汚れた体では失礼だから。
とぼそりと言い、辰仁が
――里長に言い付けられて来たのだな。
と聞くと、娘は小さく肯いた。少し暖まると着衣から湯気が立ち、甘い臭いが辰仁を包んだ。辰

仁が
―　奴我（やつかれ）がこの体で暖めてやろう。
と言うと、初音は背を向けて、するりと蒲団の中に入って来た。辰仁が後から抱き寄せると柔らかな乳房が手のひらに収まった。

朝、眼が覚めると娘は居なかった。朝食を運んで来た初音は少し恥じらうように
―　昨夜はありがとうございました。
と言った。

太鼓の音が聞え、里長の案内で社に行くと、もう里人が集っていた。森の広場の中央に背丈の倍ほどの長さに切った竹の穂先が十尺四方に四本立てられていて、ぐるりと縄が渡してあった。その縄の一本に藁（わら）で作った十尺近い長さの蛇が巻き付けられていた。これが白蛇の社であった。里長の与富はこの社の藁蛇の下に御弊を立て、その前に米、瓜、野菜、魚、鹿肉、猪肉を供えた。そして、天を仰いで里の平安に感謝の言葉を述べた。終わりに、この一年に死んだ者の名前、生れた子供の名前、夫婦（めおと）になった者の名前を述べご加護を祈った。長い祈祷が終ると社の側に建てられた小屋掛けの集会所に男たちが集まり宴会が始まった。女、子供は集会所の近くに筵（むしろ）を敷いて会食を始めた。辰仁はどこにも入れず、木陰から眺めている

と、里長の指示で初音が酒と鮎の干物を持って来た。日が傾き、来年も与富が里長を務めることに決まると祭りは終わった。

――明日は、朝早く川へ行き岩魚を釣ってお見せしましょう。

と言う里長に促され、早目に寝ることになった。しばらくすると戸が開いて初音が薪を持って入って来た。それを囲炉裏に数本くべると、初音は素早く衣服を脱ぎ捨て、辰仁の横たわる床の中にするりと入って来て胸を合せた。この時、辰仁は二十歳であった。

夜が明けるのを待って、里長がやって来た。

――是非とも一匹は釣ってお土産に持って帰っていただきたい。

と少し自信なげに言った。道すがら野辺に蓬（よもぎ）を見付けると、節（ふし）の所を折って小さな白い虫を取り出し、釣りの餌にするのだと言う。夏には虎杖（いたどり）に巣食う虫や川の虫を餌にするのが良いと教えてくれた。次に、細い竹を握りやすい太さの所で切り取り小枝を払って竿を作ると、これを振りながら川岸まで歩いた。竿が良く撓（しな）るようにするためだという。水音の轟く大滝の下の岩の上に立つと、辰仁は目が廻って水中に引き込まれそうな錯覚を覚えた。里長は辰仁に糸と釣鉤をわたし、仕掛けの作り方を教えた。

使い古した鎌の鉄片を鍛（う）って作った釣鉤を作業衣を縫う麻糸で結び、そこから一尺の所に重りの小石を付けて、片方の糸の端を竿先に結べば仕掛けは出来上がった。後は釣鉤に蓬（よ

もぎ）の虫を数匹、房に掛けてそっと岩影に糸を下ろし、魚が餌に食い付くのを待つだけである。里長は

―　川面に人の影を落さぬよう身を低くして釣るんですよ。まず、吾（われ）が手本を見せましょう。

と言いながら一心に竿先を見ていて、もう辰仁の方は見向きもしない。辰仁は見よう見まねで仕掛けを作り岩影に糸を垂れた。お天とうさまが頭の上の方に昇って来たのに竿先はぴくりとも動かない。里長は竹の皮に包んだ握り飯を取り出し昼食を勧めた。辰仁はもう引き上げねば夕刻までに飛鳥に帰れなくなると思いながら塩菜に包んだ飯をほおばった。

―　これを最後にしよう。

と独り言を言いながら里長が魚籠（びく）から予備の餌に持って来た蚯蚓（みみず）を取り出し釣鉤に付け、糸を垂れると竿先に大きな当たりが出た。長い遣り取りの後に姿を現したのは二尺もあろうかと思える巨大な岩魚であった。その時、里長は

―　攩網（たも）を忘れた。

と呻くように叫んだ。岩魚は黒い大きな背を空中に踊らせたかと思うと一瞬の内に淵に深くもぐってしまった。里長が力任せに引っ張ると竿は二つに折れ曲がった。竿の先端が水中に引き込まれたと思う間もなく竿が跳ね上った。里長は放心したように岩の上に座り込んでしまった。暫くして

――一寸（ちょっと）した油断がこんな事になる。大きな魚はどんな竿でも空中に釣り上げることは出来ません。岩の上では浅い所に引きずり上げる事も出来ませんから、長い竹に括り付けた攩網（たもあみ）で魚を掬い上げ、両の手で引っぱり上げるんです。その攩網を忘れて来たんですよ。早く良い所を見せようと強引に引っ張ったのも失敗です。

と言って、真っすぐに引き伸ばされた鉤を見せながら、深い溜め息を洩らした。

辰仁は帰路、馬の背に揺られながら空中に踊り上がった巨大な岩魚の姿を追っていた。里長は

――里では魚捕りは梁漁（やなりょう）をするのです。夏から秋にかけて鮎や石斑魚（うぐい）を里人総出で梁（やな）に追い込むのです。梁作りも、魚捕りも村の祭りです。こうして捕った大量の魚を塩漬けにして冬の食糧にします。岩魚や山女魚（やまめ）は梁では捕れません。今日のような釣りでは食糧の確保にはなりませんから誰も釣りを本気ではしないのです。

とも言った。辰仁はこの岩魚釣りの面白さにぐいぐいと引っぱられていくのを感じた。それ以来、辰仁は里長の好意に甘え、田植前の四月と秋祭りの十一月に轟の里を訪れた。吉野宮の方角に目をやるとそこには天に届くばかりの高殿が望見され、離宮まで建てられていた。大王の信心はこれに留まらず、多武峰にも天台が設けられ、飛鳥の東南の丘陵地に築かれた離宮から、その天台が見えるというのである。また、その離宮には大きな苑池が築かれ、そこへ吉野に続く龍神岳から岩清水が引かれているということだった。池の畔（ほとり）には須弥山（しゅみせん）石や石

人像が並べられており大王は生きながらにして束の間、仙境に心を遊ばせられるのだという。辰仁もまた束の間、吉野の川辺に遊んだ。

（六）百済の役（えだち）私事記

斉明六年（六六〇）。蘇定方率いる十三万の唐軍と武烈王（金春秋）率いる五万の新羅軍の連合軍により、百済の義慈王の泗比（しひ）城は陥落し、義慈王は三〇里（以後、現代の千メートルを一里と表記する）離れた白江上流の熊津（くまなり）城に逃れたが終に降伏した。三百年以上続いた百済はここに滅亡したのである。新羅の武烈王はこの一年後に病死し、その長男・法敏が文武王となった。しかし、唐・新羅軍は百済王都を陥落させたが、百済旧領の各地にある山城を接収するには兵力に限度があった。唐・新羅軍に抵抗する者たちがこの山城に結集し、各地で挙兵した。百済復興運動を主導した遺臣・鬼室福信（きしつふくしん）は倭国へ使者を送り、亡命していた百済の王族・扶余豊璋（ふよほうしょう）を百済王として迎えたいと申し出た。大王（斉明）は豊璋を百済王に任命し、直ちに百済救援軍を組織した。軍の総指揮者となられた皇太子（ひつぎのみこ）・中大兄皇子の下に将軍・阿曇連比邏夫（あずみのむらじひらふ）、河辺臣百枝（かわべのおみももえ）、阿倍引田臣比邏夫（あべのひきたのおみひらふ）、物部連熊（もののべのむらじくま）、守君大石（もりのきみおおいわ）の諸将が任命された。兵士はまず、畿内豪族軍より編成されたが、大王の威信を行き渡らせるため、地方豪族の氏族軍をも徴発することにした。

唐は古くより高句麗をはじめとした東方の諸国を支配下に置こうと考えてきたが、幾度となく征討に失敗した。現皇帝・高宗は自分の治世下で高句麗を滅ぼすことが悲願であった。新羅は高句麗の南下に苦しめられ、また百済に伽耶地域を奮還されて終（つい）に 唐に援助を求めた。倭国は高句麗からも、百済からも援軍を求められていたが、唐は倭国に新羅を援助するよう求めてきた。しかし、倭国は百済を救援することに決した。唐は高句麗征討の成功のためには補給路の必要性を痛感していたから、百済には高句麗遠征のための前線拠点が築ければよく、百済の完全な制覇を求めてはいなかった。倭国は半島での唐の一人勝ちを許せばいずれ支配の手が自国に及ぶ危険性を察知し、百済の救援を決意したのだった。

巷では、「一、二、三、四、四匹の野良犬が互いの尻尾を咬んで舞っているよ。狼の目の前で」

という謡歌(わざうた)が歌われていた。

同年冬、辰仁は、皇太子(ひつぎのみこ)に慌ただしく宮殿へ呼び出され、百済王・扶余豊璋の親衛隊長・秦造田来津(はたのみやつこたくつ)と狭井連檳榔(さいのむらじあじまさ)の録事(ろくじ)として任えるよう下命された。辰仁が文章に秀で、唐語が話せ、機密の守れる人物だからというのである。田来津隊長は淡海を本拠とする依知(えち)秦氏の出身で、辰仁の母も代々依知の郡司を務める秦氏の出自であった。蘇我氏の没落と共に存在感をなくしていった秦氏が勢力を盛り返すべく船史とも誼(よし)みを結んだのが父母の婚姻だったのだろうと辰仁は考えていたが、皇太子がそこまで知って辰仁を秦田来津隊長の下に付けたのかは分らない。ひょっとするとこれは次男の自分を世に出すための父の智略なのかも知れないと辰仁は考えた。また、檳榔隊長は大和国磯城郡(やまとのくにしきこおり)の出身で皇太子が葛城王子と呼ばれていたときからの盟友で、田来津隊長と共に信任の篤い武人である。辰仁は否応もなく五千人の兵と共に豊璋・百済王を押し立てて百済へ渡ることになった。辰仁、二十五歳のときである。

斉明七年(六六一)、正月六日。大王(斉明)、扶余豊璋・百済王、皇太子(中大兄皇子)、中臣内臣(鎌足)、大友王子、大海人皇子と姫皇女(ひめみこ)たちを乗せた指揮船が難波津を出て筑紫へ向かうと、隊長以下五千人の兵と辰仁を乗せた軍船(いくさぶね)もその後に続いた。

老躯に鞭打ち、指揮船に乗り込む女帝の姿に、倭国の百済救援軍の士気は大いに鼓舞された。

正月十四日。船は伊予国・熟田津（にきたづ）の石湯行宮（いわゆのかりみや）に停泊した。軍船は駿河国で大規模に造らせ途中、吉備に立ち寄りその地の豪族に忠誠を誓わせることにより兵士を追加徴発した。伊予国でも二カ月の滞在によって予定の兵士を動員することが出来た。大王は高齢にも拘らず意気軒昂で、百済復興軍の前途を祝う宴を催された。席には地方豪族や京（みやこ）からお供をして来た姫皇女や官女が侍（はべ）り、箏（こと）の音も妙（たえ）に鳴り響いて大王は永年の大願が成就した心地で大増ご機嫌麗しかった。すでに東北の蝦夷（えみし）を夷狄（いてき）として従え、今、正に百済を諸蕃（しょばん）とせんとする。女帝には倭の海の帝国完成が目前であった。そうすることによって、斉明女帝は安心して大王権力を中大兄皇子に譲ることが出来ると考えていたのである。

辰仁は大友王子から兵士を鼓舞する祝詩（いわいうた）を大王に献上するよう求められると、女装歌の主、額田王（ぬかたのおおきみ）の歌として即興で歌木簡にしたためた。王子は朗々とした美声でその詩を歌い上げた。

熟田津（にきたづ）に　船乗りせむと　月待てば
潮もかなひぬ　今は漕ぎ出でな　　　　額田王

宴の後、親衛隊の二人の隊長（狭井連檳榔と秦造田来津）と共に録事の辰仁も皇太子（ひつぎのみこ・中大兄皇子）に呼ばれた。皇太子は厳しい顔でこう言われた。

―今は浮かれているときではない。戦に勝ってこそ大王の権威は確立される。百済救援戦争の目的は倭国の軍事力よって百済を冊封することにある。親衛隊は百済王を送り届けるだけが目的ではない。余豊璋どのを百済復興の拠り所として百済の諸将に認めさせねばならない。両隊長はこの事を心に留めて欲しい。周留城の将軍・鬼室福信からは熊津（くまなり）城を奪った唐軍の南下に苦戦を強いられているという急報が届いている。我（われ）が任命した第一次救援軍は百七十艘の船に一万余の兵と百済復興軍に対する支援物資を積み、後を追っている。百済復興軍と新衛隊、倭国軍が一丸となって唐・新羅連合軍を殲滅させる。倭国軍を指揮できるのは大王ただ一人。それを体現するのは其方たち将である。我（われ）の指示をよく理解し、指揮に乱れなきよう奮闘されたい。

ここまで話すと、皇太子（ひつぎのみこ）は辰仁一人を残した。

―これから我（われ）の話すことをよく心に留めて欲しい。我はこの戦で唐軍に勝とうとは思っていない。否。勝てるとも思っていない。しかし、父祖の国からの救援に応える大義がある。この大義のもとに兵と戦に必要な物資を徴発し、倭国軍として指揮できるのは大王、唯一人であることを国内の諸豪族に知らしめねばならない。そうしてこそ倭国の権力は確立し、諸外国と渡り合える。抑（そも）、男大迹大王（おおどのおおきみ＝継体）の御代より半島南部の伽耶諸国は倭国であった。倭国の重心が列島に移ってから半島の倭国は新羅が支配し、後に百済に割譲されると列島の倭国は百済に「調」を求めてきた。半島の倭国は列島の倭国の父祖の地だったからである。「調」は半島の倭国が列島の倭国と一体であることを認める証しである。その証しとして百済は王子・豊璋どのを飛鳥へ送ってきたのである。大王（斉明）は百済を冊封下に置くことによって倭国は完結するとお考えになっている。前王・孝徳大王の誤りは大王が詔（みことのり）を発布すれば地方の豪族もこれに倣うと単純に信じておられたことにある。文字だけでは人も国も動かない。この戦は倭国の王権を確立する戦いでもある。辰仁、其方（そなた）も『南船北馬（南の戦争は船で、北の戦争は騎馬で）』という言葉を知っておるだろうが、船団を組んで百済まではるばる倭の海を渡るわが軍は、決して陸戦に深入りしてはならぬ。この度の戦は決して長期戦をしてはならぬ。海戦により我が水軍が唐軍を凌駕していることを示し、「倭国侮（あなど）り難し」と思わせればよい。そこで素早く和睦を申し入れ、豊璋どのを百済王と認めさせれば大成功である。百済を倭国の冊封下に置くことを大唐（もろこし）は認めないかも知れない。それでも、倭国に対する不干渉を認めさせ、友好の盟約が結べればこの戦は成功なのだ。この難しい交渉は辰仁、其方（そなた）にしか出来ない。時が来たなら、唐の鎮守使・劉仁願殿にこの信書を渡して欲しい。そして、今、我が申した事を口頭で伝えて欲しい。

と言われた。最後に

―　辰仁、其方（そなた）が自分の眼で見、耳で聴き、感じた事を書き留め、無事役目を果たしたとき我(われ)に見せて欲しい。我も大友王子も戦場に行けないのだから。
と話された。ここより辰仁の『百済の役(えだち)私事記』が始まる。

斉明七年(六六一)、三月二十五日。大王(斉明)を乗せた指揮船は那大津(なのおおつ=博多湾)に到着し、磐瀬行宮(いわせのかりみや)に宿泊。同年、五月九日。筑紫の朝倉橘広庭宮に遷る。

同年、六月。新羅の武烈王(金春秋)、病により崩御の知らせが入る。享年五十九歳。

同年、七月二十四日。斉明大王は突然倒れられ、そのまま不帰の客となられた。辰仁は、「女帝は一人小中華の神仙境に旅立たれた」との思いを深くした。享年六十八歳であった。

同年、八月一日。皇太子(中大兄皇子)は那津宮で戦装束に衣を正し、皇族、百済王、諸将軍に見守られ大王即位の礼を挙行されて、天智(てんじ)大王となられた。弟の大海人皇子は皇太弟となられた。そして、大友王子(おおとものおうじ)は大友皇子(おおとものみこ)となられた。

天智大王は、急ぎ前王・皇祖母尊(すめらみおやのみこと=斉明)のご遺体を磐瀬宮に移すと、仮喪儀を済ませた。

同年十月七日。大王(天智)、皇太弟(大海人皇子)、姫皇女ともども柩(ひつぎ)に寄り添い、慌ただしく磐瀬宮を出発し、同月二十三日に難波に着いた。辰仁もこの京(みやこ)への船旅に同行した。中臣内臣（鎌足）さまと大友皇子は筑紫に残って豪族たちを宣撫し、兵員・武具・軍糧・軍船の確保に努められた。

同年、十一月七日。飛鳥の川原宮で殯宮（もがりのみや）が営まれた。皇太弟（大海人皇子）は信頼できる高坂王（たかさかのおおきみ）・坂上直熊毛（さかのうえのあたいくまげ）・穂積臣百足（ほずみのおみもたり）の有力豪族を留守司（るすのつかさ）とし、彼らを自ら指揮して飛鳥の京に留まり喪に服された。

同年、十二月。辰仁は唐に派遣されていた兄の道昭と飛鳥の庵で再会した。入唐した多くの僧や学生は仲々帰国が叶わなかったが、道昭は師の玄奘三蔵法師の特別な計により多くの経典と共に帰国できたのだった。辰仁は兄に自分の学塾の跡に禅院を建立することを勧めた。

天智元年（六六二）、正月。大王（天智）は那津宮（なのつのみや）に帰還され、百済王・扶余豊璋さまを本国に送還するにあたり、冠位大織冠を授けられた。また、豊璋王の望みにより多蔣敷（おおのこもしき）の娘を女合（めあ）わせられた。多氏は王権を支える祭祀を司る特別な氏族で、この婚儀は両国の強い結びつきを万民に知らしめ、百済を倭国の冊封下に置くことを示すものであった。

同年、三月。開戦の門出を祝う宴が盛大に挙行された。大王の開戦の詔宣(みことのり)が読み上げられ、百済を救うため倭国の総力を挙げて戦に臨むべく諸将に決起を促された。継いで百済王・豊璋さまが臣下としての礼を陳(の)べ、将軍たちが次々と決意を表明した。

同年、五月吉日。百済王・豊璋さまの親衛隊五千人と前将軍・阿曇比羅夫さまが率いる百七十艘に約一万人の兵と兵糧、武器を乗せた船団が大挙那津の湾を出航した。阿曇比羅夫将軍は、大船団を組んで北方の蝦夷(えみし)を征服してその名を天下に知らしめた猛将であり、救援軍は意気盛んであった。辰仁は兵士たちが口々に「潮もかなひぬ　今は漕ぎ出でな　いざ漕ぎ出でな倭の海へ」と流行(はやり)の歌を唱和して意気揚揚と気勢を挙げるのを船上で聞き身の引き締まる思いがした。

同年、六月。百済王・扶余豊璋さまは対馬、南海島を経て百済の地に上陸し弖礼(てれ)城に入られた。百済復興軍の戦闘指揮官・鬼室福信さまは礼をつくして王を迎えると、直に親衛隊と共に周留(つぬ)城に向った。隊長の狭井檳榔さまと秦田来津さまは安全な海路を取り、周留城に近い白沙(はくさ)に上陸すべきだと進言したが、意気さかんな百済王と福信将軍はこれを聞き入れなかった。これに押されて、倭国軍は阿曇比羅夫(あずみのひらふ)将軍の指揮のもとに陸路を熊津(くまなり)城を目指して、まず徳安城に向かった。百済復興軍と倭国の救援軍は二〇〇余りの山城を確保する勢いを見せ、八月には徳安城の攻防で新羅軍を破ると、熊津城へ進撃を続けた。
守君大石将軍は両軍の戦況を見定めるべく弓礼城に留まった。

同年、十月。鬼室福信の指揮する復興軍は唐軍の将・劉仁願を泗比（しひ）城に包囲するも、双方とも兵糧が欠乏し持久戦となった。この時、一方の復興軍将軍・堂琛（どうちん）も僧侶の身で兵を率い泗比城を奪還しようとしていたのだが、復興軍内に指揮権を巡り内紛が起こり、福信将軍はかつての同志、僧・道琛を殺した。「福信、兇暴にして残虐」と敵、味方共に恐れられるも戦況は徐々に劣勢に転じ、豊璋王は白江沿岸に戦線を縮小せざるを得なかった。後将軍・守君大石さまは新羅軍を後方から牽制するため本国へ援軍を要請した。

同年、十二月。豊璋王は周留（つぬ）城を出て避（へ）城に遷ることの是非を臣下に問うた。
田来津隊長は
― 周留（つぬ）城こそは鬼室福信将軍が築いた橋頭堡であり、百済復興運動の司令塔です。三方を山に囲まれ、白江（錦江・白馬江）に接した山の尾根と渓谷を囲むこの包谷式山城こそ要害堅固の地であり、籠城するに最適の城です。兵糧の貧窮に耐え倭国増援軍の到着を待つべきです。
と強く進言した。檳榔隊長は
― この周留城は白江沿岸を北上すれば泗比城を経て熊津城に至る要衝です。周留城なくして百済の復興はありません。
と声に力を込めて主張した。豊璋・百済王は
― この地は籠城に適していても食糧の調達には無理がある。朕（われ）はこれ以上民・百姓に苦難を強いることはできぬ。避（へ）城は作物の豊かな地で海も近い。
と言われると、田來津隊長は
― 百済復興のために、倭国からの増援隊到着を待ちましょう。避城は唐からの海上の要衝・群山に余りにも近すぎて危険な地です。
と再度主張した。これを聞いた福信将軍は
― 王の決断に臣下が反論すべきではない。
と二人の隊長に不快感を顕（あらわ）にした。
辰仁は、倭国での京（みやこ）暮らしが長かった豊璋王にはこれ以上籠城して窮乏の日々を送ることに耐えられないのだと思えた。また、誰も口には出さなかったが、避城は白江（錦江）から海を渡って倭国に逃げ帰るのに都合の良い地でもあった。
翌、天智二年（六六三）、二月。戦況厳しく、百済王・豊璋と田來津隊長と辰仁は、僅か二カ月で避城を捨てて周留城に遷った。武人の狭井檳榔隊長は血路を開くべく、親衛隊の大半を引きつれ避城を守った。避城は交通の要衝・群山に近く唐軍を迎えるに最適の地でもあった。文武王

率いる新羅軍はこの地を目指して進軍し激戦となった。辰仁は避城で檳榔隊長が壮絶な戦死を遂げたのを敗走兵から聞いた。隊長は福神将軍の専横にも、百済王の統率力の欠如にも耐えられず死地を求められたのだった。

天智二年（六六三）、三月。大王（天智）は将軍・上毛野君稚子（かみつけののきみわくご）、間人連大蓋（はしひとのむらじおおふた）以下六名を指命し、急遽二次救援軍二万七千人の兵を送られた。二次救援軍は沙鼻（さび）と岐奴江（きぬのえ）の二城を落し、新羅の都・金城に向かったが、不運にもおりからの厳冬と兵糧不足、疫病の蔓延のため将兵の大半が異国の野辺に死んだ。新羅軍も同様に苦戦を強いられ、大きく兵を失った。

天智二年（六六三）、六月。避城への遷居という作戦に失敗した百済王は大きく面目を潰し、鬼室福信さまとの間に亀裂が生まれた。百済王は鬼室福信さまに反逆の疑いを持ち、将軍を捕らえると斬首してしまった。百済王が秦田来津隊長に

――福信将軍が病気を口実に計略を用いて朕（われ）を殺害しようとしたので機先を制した。

と話されたのを聞いて、辰仁はいつの間にこれ程深い疑心が二人の間に生れていたのかと驚いた。福信将軍には倭国の親衛隊長の顔色ばかり見て、戦闘経験のない王を軽んじる気持ちがあり、他方、豊璋王には百済王としての矜持があつた。田来津隊長には大王（天智）の意志を百済王に

伝える使命があったが、その進言はことごとく無視され苦悩の日々が続いた。百済復興の英雄・福信将軍の死は百済軍の士気を一気に低下させてしまった。唐の鎮守使・劉仁願はこの期を見逃さなかった。唐の援軍の将・孫仁師率いる陸上部隊と、文武王率いる新羅の騎馬隊は百済旧領の諸城には目もくれず、百済騎馬隊を撃破して一路周留（つぬ）城を目指した。更に、唐水軍の将・劉仁軌は百艘の戦船に七〇〇〇名の兵士を載せて白江河口の白村江（はくすきのえ）を封鎖し、周留城の救援に駆けつけるであろう倭国軍を迎え撃つ体勢を取った。

辰仁は、福信将軍が死んだ時点で倭国軍は撤退すべきだと考えたが救援軍派遣の目的が唐の半島征服と倭国支配の阻止にあるという、大王の命は絶対である。最早、大唐との最後の一戦は避けられないと観念したが、どうすれば「倭国侮り難（がた）し」と思い知らしめることが出来るのであろうかと苦悶するのであった。

天智二年（六六三）、八月十三日。倭国の筑紫へ急遽帰国させた守君大石将軍から百済の戦況を聴くと、大王は迷うことなく待機させていた将・蘆原君（いおはらのきみ）率いる新造の手漕船・五百艘に一万人の兵を乗せ周留城に向かわせた。手漕船は十人の兵が昼夜交代で漕ぎつづける二十人乗りの早船である。

同年、八月二十日。百済王・豊璋さまは

―倭国からの救援軍を白村江の白沙（はくさ）まで出迎え響応するため周留城を出る。

と宣された。田来津隊長は、寵城し援軍を待つべきことを再度必死に説いたが豊璋王はここでも聴き入れられなかった。田来津隊長の無念はいかばかりか。

同年、八月二十七日。廬原君（いおはらのきみ）将軍の率いる一万人の兵の内、先陣の早船百艘が白村江河口に到着した。百済王と田来津隊長と共に辰仁も指揮船に乗り込み援軍を迎えたが、早船十艘余りが敵状偵察と称して、先を競って河口深く陣取る唐水軍に切り込んだ。田来津隊長と辰仁は指揮船から早船に乗り移り偵察船の後を追った。唐の戦船（いくさぶね）は船長十丈（一丈は十尺）、幅三丈、百人以上の兵が乗船できる二本帆柱の大型船で、舷側は見上げるように高かった。船の中央には三層の桜閣があり、更に船の上には投石機が設えてあった。二十人乗りの倭国の手漕船十艘は一斉に頭上より火矢を射込まれ慌てて退却した。

翌、二十八日。後続部隊の到着を待って、指揮船上で作戦会議が開かれた。檀に座した百済王・豊璋さまは将軍・廬原君（いおはらのきみ）の労を謝すると早速諸将の意見を求めたが、先日の失敗で二の足を踏む者と、総攻撃をかけて、一刻も早く周留（つぬ）城に向かうべしと主張する者に分かれ収集が付かなかった。いつも冷静な秦田来津隊長もこの時ばかりは語気鋭く

――周留城は唐羅軍に包囲されている。無謀な敵中突破は避けなければならない。

と決戦の一時回避を説かれたが、誰も聞き入れなかった。駿河の豪族で援軍の将・廬原君（いおはらのきみ）は、自分の引き連れた水軍に絶対の自信を見せ

――敵の戦船（いくさぶね）は百艘余り。倭国の軍船は五百艘。それに、速さと旋回能力にかけ

てはどこの戦船にも引けは取らない。敗ける筈がない。我ら先を争わば、敵自ずから退くべし。倭国は神の国。神州不滅の国である。

と豪語して怯（ひる）まなかった。末席にいた辰仁も
―　我が軍は、救援軍一万人に残った百済兵を加えても敵兵の十分の一にもなりません。決戦は一時中止し、敵の出方を見るべきではないでしょうか。

と進言したが誰の耳にも届かなかった。

　後から到着した四百艘の船は先を争って敵船に突入していった。先頭の百艘余りが敵の小型船に迫ると、両岸に待機していた戦船（いくさぶね）が左右から素早く退路を断ち、これを上流から大型船で挟撃して倭国船の旋回を不能にすると、一斉に数千本の火矢を上空より浴びせた。忽ち倭国船は燃え上がり火炎は天まで昇った。敵船に乗り移ろうとする倭国の兵は舷側より弩（ど）という鉄製の単弓で射られ水中に落ちた。統率もないままこの光景が四度繰り返されて、岸に泳ぎ付こうとする兵も岸辺から矢で射られ、白村江は血の海となった。またたく間に四百艘が燃え上り兵諸とも海中に消えてしまった。

　この様子を船上で見ていた百済王・豊璋さまは
―　最早これまで。時を待とう。朕（われ）は高句麗に行く。

と宣すると小船に乗り移り少数の百済将兵と共に海の彼方に消えて行かれた。指揮船には田来津隊長と辰仁が残こされた。そこへ敵将の首を取ろうと唐船が近づき十人ばかりの兵が飛び移って

来た。隊長は観念したように天を仰ぎ
――辰仁、さらば。
と呻（うめ）くと襲いかかってくる敵兵をたちまち斬り伏せた。血しぶきが辰仁の顔にも飛んできて甲板はたちまち血に染まった。深手を負った田来津隊長は最後の力を振り絞り、残った二人の敵兵の首を両脇にかかえると真赤な海に身を投げた。
一人指揮船に残された辰仁は壇に座り、静かに敵将を待った。武器を持たず端座する辰仁の前に一人の将が近づいた。その将は
――扶余豊璋はどこにいる。
と訊いた。辰仁が怖れることなく
――高句麗へ移られた。
と応えると一瞬、驚いた様子だったが、急に穏やかな声になって
――貴方は誰だ。
と問う。辰仁が
――百済救援軍の録事です。
と応え
――大王から大唐の天子さまへの啓（けい＝信書）を託されている。鎮守使・劉仁願さまに会わせていただきたい。倭国の大王は今日ある事を予測されていました。倭国が百済へ救援軍を送っ

たのは父祖の地の求めに応える大義のためで、決して大唐と覇権を競うためではありません。百済の王・扶余豊璋さまが消え去った今はその大義も消えました。

と重ねて言うと、その将は
――我（われ）は百済の王子・扶余隆である。故あって唐軍の将卒となっておる。いまは敵味方と別れてしまったが、扶余豊璋は父・義慈王の子で、我の弟である。

と語り、鎮守使のいる熊津（くまなり）城まで同道が許された。途中、扶蘇山城に登り、灰燼に帰した泗比都城王宮を南方眼下に見た。泗比は五三八年に熊津城から遷都し、三年前の六六〇年に蘇定方率いる唐軍と金春秋率いる新羅軍によって敗北するまで百二十三年間栄えた百済一の都である。栄華の跡の朱雀大路には行き交う人もなく、都城内の定林寺にはただ一基、五層の石塔が焼失を免れ虚しく建っていた。

泗比城には都の防衛のため扶蘇山城を起点として北方と南方を羅城で守り、北東は錦江に面している。周到に準備されたこの都は中国の都城とも通じ、また、その配置は倭国の飛鳥板蓋宮と、蘇我の甘樫丘を思い起こさせた。扶蘇山の西北に高さ十五丈もある落花岩と呼ばれる絶壁を認めたとき、百済の王子・扶余隆は落涙を隠さなかった。そこは百済が唐羅軍に敗れた時、百済の官女たちが次々に錦江に身を投げた場所だった。

唐は白村江で戦勝した年にこの宮殿址に三韓を制圧すべく熊津都護府を設置し、熊津城には熊津都督府を設け、他に馬韓、東明、金連、徳安の各所にも都督府を置いた。新羅には鶏林都護府を置き、新羅王を鶏林州大都督に任じた。このときより新羅と唐の連合は綻びを見せ始めた。
熊津に着くと程なく扶余隆将軍は唐の高宗より熊津都督に任じられた。旧百済の州や県を支配するため、五都督府のうち一番重要な熊津を扶余隆将軍に任せたのは旧王子を前に押し出すことによって、百済遺民の抵抗を緩和し、百済旧領の支配をやりやすくする狙いがあった。他の要都には鎮守使で、熊津都護府都護である劉仁願の監督の元に唐人の都督を配置し、その下に刺史や県令として在地の有力豪族が起用された。

辰仁は扶余隆都督に官邸へ招かれ、思いもかけぬ優しい言葉をかけられた。

― 辰仁どの、此処まで苦しい旅によく耐えられた。我（われ）も先の敗戦で義慈王と共に一族が長安に引き立てられ、辱めを受け、塗炭の苦しみを味わった。其方（そなた）もさぞ無念であろうと察する。さて、劉仁願・鎮守使は孫仁帥将軍と共に高句麗征伐に向かっておられ拝謁は叶わぬが、明日は、劉仁軌将軍に引見が許された。劉仁軌将軍こそは「白村江の戦い」の総大将である。将軍は極貧から身を起こし勉学に励んで官界に入られた人で、その学識と智略は将兵たちから全幅の信頼を得ておられる。辰仁どの、思うところを存分に述べられよ。

― 都督にこのような不躾な質問をお許し下さい。扶余隆王子は、何故唐軍に身を委ねられたのでしょうか。

― 辰仁どの、率直な疑問を述べられた。我（われ）を嘲（あざけ）る者がいることはよく知っている。しかし、この身を守るために唐軍の将卒になったのではない。先の百済滅亡の折、囚われの身となった我を馬前に引き据え、新羅の金法敏は、妹の殺害に対する恨みを縷々（るる）述べ、我の顔に唾を吐きかけた。唐と新羅軍の戦勝の宴では、新羅の王子や諸将に酒の酌をさせられる辱めを受けた。百済の旧臣たちは声を上げて泣いた。父・義慈王は長安に着くと数々の恥辱に耐え切れず憤死してしまわれた。新羅も、百済も、高句麗も氏族の繋がりと怨念を引きずって争い、各々が異なった夢を見ている。これでは、いつ迄たっても平穏な国家を作ることはできない。まして、三韓の統一など遠い夢でしかないと思うようになった。そして、半島の民が戦のない暮らしを得るには唐の統治下に入るより道はないと考えた。倭国のことには思いもよらなかった。

—倭国は周囲を海で守られ、温暖で暮らしやすい土地なので、大陸や半島の動きに疎く、小倭の帝国を夢見ているのです。

と辰仁は、いつぞや講堂で聴いた旻法師の言葉を思い出しながら相槌を打った。

翌日、辰仁は心を引き締めて劉仁軌将軍の接見に臨んだが、将軍は少しも威圧感を見せず、穏やかに話しかけた。

—倭の大王は何故、録事にこのような啓（けい＝信書）を持たせた。

—奴我（やつかれ）は、大王に目を掛けていただき、王子・大友皇子さまの侍講（じこう）を拝命している者です。

―啓には「機密に関わる故、これを渡した者が朕の言葉を伝える」とあるがどれ程の機密なのか、我が聞こう。

―恐れながら奴我がお伝え致します。倭国の大王は、前大王の懿旨（いし）に従い、又、百済王の要請に応えて援軍を送りました。百済は父祖の国であり、今日、倭国あるは歴代百済王の恩寵の賜であります。その百済王より救援を求められ、これに応えぬは大義に背くことになります。しかし、今、その百済王が滅する事態となり大義も失せました。倭国は世界の帝国・大唐の偉大さを充分に承知しております。文字を持たぬ小国が書物を読み、文を書き、詩歌を解することが出来るようになったのも貴国あってのことです。これからは、百済や新羅などの他国を介さず貴国と友好なる関係を築ける事を願い申し上げます。

将軍はここまで聞くと

―今の口上、確（しか）と劉仁願・鎮守使さまに伝えよう。今、申した通り紙に書け。

と命じられた。辰仁がその場で筆を取って素早く書き上げると、劉仁軌将軍は、その達筆に驚きを隠さず

―倭国では、其方の様な若き録事でも格調ある文章が人の面前で書けるのか。我は今まで倭国を蕃国と思っておった。

と言うと、急に親しみを込めて

— 今日、周留城が降伏開城した。これにより百済の戦は終わった。近く降伏調印のため、此所（ここ）にいる朝散大夫・郭務悰を倭国へ送る。其方（そち）は先に帰国し、大王にそのことを伝えよ。

と命じられた。周留城に立てこもる百済復興軍が壊滅したのは、白村江の敗戦から十日後であった。郭務悰は倭国軍の捕虜の中から船を操れる者を捜し出し、辰仁を弖礼城まで送らせた。そこには、倭国への亡命を図ろうとする百済遺臣や遺民が続々と集まり始めていた。

同年、九月二十五日。辰仁の乗った船は遺民を乗せ、倭国の那大津（なのおおつ＝博多湾）に向け岸を離れた。その後、各地で転戦していた倭国の兵船は亡命を望む百済遺臣を乗せて命からがら玄界灘を越え、倭国に帰って来た。辰仁の『百済の役（えだち）私事記』はここで終わっている。

（七）泰山封禅の儀

那津宮に辿り着いた辰仁を大王（天智）始め、中臣内臣（なかとみのうちつおみ＝鎌足）さま、大友皇子、将軍守君大石さまが出迎えられた。辰仁は

―只今帰りました。

と絞り出すような声で報告すると、崩れるように床に膝をついた。大友皇子が駆け寄って辰仁の手を取ると、その目には涙が溢れていた。大王からは

―ご苦労であった。

と声をかけていただいたが、そこには「大王の権威は、戦によって確立される」と宣言されたときの力強さはなかった。中臣内臣（鎌足）さまは無言で辰仁の肩に手を遣り労（いたわ）った。辰仁が多くを語らずとも、戦場で闘った将軍が一人もいず、帰国したのが傷ついた敗残兵と百済

の遺臣と遺民だけだということが、この戦の無残な大敗を雄弁に物語っていた。

辰仁は大王に百済王親衛隊の秦田来津隊長と狭井檳榔隊長の壮絶な死と、百済王の高句麗への遁走を報告した。そして、熊津（くまなり）都護府の劉仁軌将軍が降伏条約調印のために近く朝散大夫・郭務悰を派遣して来ることを報告した。辰仁は大唐の軍勢は数拾万人で、陸軍、水軍ともによく統率されていて、とても戦える相手ではなかったことも率直に報告した。

辰仁は油紙に包んだ『百済の役私事記』を大王の前に差し出し

――私の見聞きしたことは限られています。共に帰還した兵からも戦況を聴取し、記録に残して下さい。

と嘆願した。

翌年、天智三年（六六四）、二月。唐の鎮守使・劉仁願の指揮の下に、新羅王の弟・金仁問、将軍・天存と、元百済王子で熊津都督となった扶余隆の三人が熊津城で会盟した。これは百済を唐の羈縻（きび）政策の下に置くことを新羅に認めさせるためであった。羈縻政策は中国の歴代王朝が異民族を支配する際に採用した一方法で、武力を用いず有力者を懐柔し、自治を許して間接的に統治した。冊封より服属性が高い。「羈」は馬の轡（くつわ）紐、「縻」は牛の鼻綱（はなづな）のことである。唐軍は泗比（しひ）城周辺の羅城に拠（よ）った百済の残党を撃破し、百済復興軍を終息させた。そして、鎮守使・劉仁願は皇帝・高宗の宿願である高句麗の征討に全力を傾注した。一方、倭国に対する羈縻政策は劉仁軌将軍に行わせ、劉仁軌将軍は郭務悰を倭国に遣わし戦後処理に当らせた。

四月。朝散大夫・郭務悰は総勢百五十人ばかりの兵を率いて対馬に現れた。ここに烽火（とぶひ）を設置すると防人（さきもり）を残し、次の中継地・沖の島にも烽火と防人を置き、熊津都護府と倭国との往来と連絡に備えると、五月十七日、筑紫に到着した。倭国は成す術もなく唐軍を受け入れた。戦場の将である劉仁軌将軍は倭国軍の壊滅の様を良く知っていたのだ。

辰仁は朝散大夫・郭務悰と面識のある唯一の官人として連日那津宮に出司し、中臣内臣（鎌足）さまから倭国が採るべき外交政策につき諮問を受けた。朝廷は唐の羈縻政策を恐れた。唐は百済を滅ぼした際に義慈王以下王子や貴族たちを長安にまで連行してその罪を責めた。そして、義慈王は長安に着いて数日後にこの世を去った。倭国の大王や皇子が自分たちの生命も危ういと考えるのは当然であった。辰仁は郭務悰が元は百済人で、先の戦で降伏した後、唐に従い唐の官人としてその活躍が認められた人物あることを伝え、辰仁の知る限り唯の武人ではなく、父祖の国・百済救援の大義に軍を出した倭国に理解を持つ人物であることを伝えた。又、旧百済の王子で熊津都督となった扶余隆も倭国に少なからず理解を示したことを報告した。そして、鎮守使・劉仁願の諜書（ちょうしょ）を持った朝散大夫・郭務悰を戦勝国の使として丁重に遇するよう進言した。中臣内臣（鎌足）は辰仁の進言を受け、筑紫の大宰に使節の宿泊施設を用意し、朝散太夫・郭務悰を百済伝来の伎楽を披露して丁重に持て成した。

その間、郭務悰は筑紫にも烽火（とぶひ）と見張番としての防塁を礎いた。これにより熊津（くまなり）都護府と筑紫の通信手段を確保し、和・戦両様の構えを整えたのである。

遂に唐の降伏条件が示された。


一つ、無条件降伏すること。

一つ、大王は速やかに退位すること。

一つ、筑紫と大和に都督府を置き、熊津都護府の指揮下に入ること。

一つ、明年、熊津の就利山で挙行される新羅、百済、耽羅、倭国の四か国による終戦の会盟に出席すること。

一つ、降伏調印完了後、倭国の王子が唐皇帝・高宗の挙行する泰山封禅の儀に参席すること。

一つ、唐軍駐屯のため要所に城を築くこと。

一つ、高句麗征討のため船、馬、兵糧を提供すること。


どれも倭国にとっては今までに経験したことのない難題であった。大王の退位は西国を中心に渦巻いている豪族たちの不満に油を注ぐことになるのは明らかで、時が来るのを待って、それまでは大友皇子が外交折衝に当たることになった。大和に都督府を置くことも西国、東国の反乱を招きかねないと設置に反対したがこれは聞き入れられなかった。郭務悰は生駒山麓の高安城に唐兵を駐留させると、大王に岡本宮を開け渡して畿外の大津に遷ることを強く求めた。そして、倭国内での唐軍の移動と通信を確保するため筑紫と大津京の間に山城を築くことになった。また、倭国は敗戦の賠償として、船、馬、兵糧の提供を行うこととなった。

交渉は大筋で合意に達した。そして、唐は倭国に対する羈縻政策に戦勝国の新羅を関与させない方針であることを明確にした。

十月、郭務悰は予備折衝を終えると、急遽、九州全域に羈縻支配を及ぼすため筑紫大宰に筑紫都督府を整備し、ここを防衛する水城、大野城、基肄（きい）城を築き、その外縁に土塁を巡らせて羅城（らじょう＝外敵の襲来に備えた防護施設）を築くことを命じると、十二月、七カ月の滞日の後、兵を残して熊津都護府へ帰った。

翌天智四年（六六五）、七月。大王（天智）は就利山の会盟のために大使・大友皇子、副使・守君大石、判官・船史辰仁、他に訳語、録事、史生、従者等十名を熊津へ送った。人選は郭務悰の要請であった。大友皇子は大王の代理として、守君大石は新羅軍との激戦を知る将として、また辰仁は白村江の海戦を体験し、熊津城を訪れて劉仁軌将軍に引見された者として選ばれたのであった。

出発を前にして、辰仁は大王（天智）に宮殿へ呼び出された。大王は辰仁の『百済の役私事記』を貴重な記録として大いに褒め、大友皇子が大使としての務めを全うできるよう補佐することを命じた。そして、辰仁の私事記の続きを是非読みたいと声を掛けられた。

辰仁は熊津の就利山へ行く前に飛鳥へ帰り、兄と心行くまで語り合いたかった。轟の里へも行き、もう一度初音の笑顔を見たかった。今は白村江の血の海を思い出すのも嫌だったが、又しても政（まつりごと）の荒波に呑み込まれてしまった。辰仁、二十九歳のときである。


辰仁たちが半島の熊津に着くと意外にも中臣内臣の長男・定慧が待っていた。二人は飛鳥の庵での送別の宴以来十三年ぶりの再会を喜んだ。定慧はまだ二十三歳のはずであったが青白い顔に不詳髭を生やしていて、以前よりずっと老けて見え、その苦難が偲ばれた。定慧は身の回りの世話をする侍史の道観（＝後の粟田真人）を退け、辰仁と二人きりになると秘密を打ち明けた。

――臣は、父・中臣内臣の指図で唐王朝の外国支配制度である領域化・羈縻支配・冊封の三つの実態を調べてきました。そして、帰国に際して先に入唐されている高向玄理師に唐の半島政策と律令制度について教示を得ようとして、その消息を尋ね歩いたのですが、その頃より唐の官人に怪しまれ、身の危険を感じるようになりました。玄理師は新羅の武烈王が金春秋と名乗っていた頃から親しくしておられ、新羅の対唐政策をよく理解しておられました。しかし、師はすでに長安の都を追放されていたのです。臣も大唐に不都合なことを多く知ってしまったのかも知れません。今までに収集した書籍を隠し持って来ましたがここから先、無事に倭国へ持ち帰れるか不安です。どうか、辰仁さまの計いでこれらの書物を父に渡して頂きたい。
と言った。辰仁は帰国する従者に託して必ず届けることを約束した。定慧は別れ際に
——新羅は唐の半島支配に不満を溜めており、高句麗の反乱軍の一部を保護しているという情報があります。唐の最大の関心事は高句麗と突厥（とっけつ）であって倭国ではありません。
と語った。そして定慧と共に唐に渡り、今度、通訳とし帰国する境部連石積（さかいべのむらじいわづみ）は唐の官人でもあると伝えた。

同年八月。倭国に向かう唐の正使・劉徳高が熊津（くまなり）に到着し、唐鎮守使・劉仁願の指揮の下に、熊津城で新羅、百済、沈羅、倭国の四カ国の使者が会盟した。これは百済と倭国と耽羅が熊津都護府の支配下に入ることを認めるものであった。耽羅は済州島のことで最初、百済に附き、後に新羅に従った小国である。唐はこの小国の動行も見逃がしはしなかったのである。これによって唐の百済と倭国への覇縻体制が整った。しかし、この時より新羅の唐への不信は決定的となった。百済統治の道をふさがれた新羅は、唐に恭順を装いながら抵抗力を蓄えていったのである。
翌日早朝、まだ朝靄（もや）のたちこめる中、鎮守使・劉仁願を先頭に新羅・文武王、唐使・劉徳高、熊津都護府の将軍・劉仁軌、熊津都督・扶余隆、熊津都護府の司馬（都護の属官）・法

聡の後に四カ国の使節が続き小高い山の頂に導かれた。そこには幡（ばん）が四方にはためき、広場の真中に大きな土壇が作られていた。鎮守使・劉仁願が壇上に上り

— 天の神よ。我らの盟約をお聴き届け下さい。

と声高らかに天帝に奉しひれ伏すと、その場に居る者全員がこれに唱和し地にひれ伏した。楽が奏されると壇上に鬼面を被った大男が現れ、身の丈もある太刀を振りかざして舞を始めた。やがて一頭の白馬が壇上に引き出されるとその男は奇声を発し、天高く飛び上ったかと思うと力一杯太刀を振り下ろし馬の首を切り落した。末席に連なっていた辰仁も真赤な血を噴いてどっと倒れる白馬を見て他の者と同様に再び地にひれ伏した。新羅・文武王と熊津都督となった扶余隆は盟約の証として屠（ほふ）った白馬の血をすすった。こうして、『就利山の会盟』は終わった。この後、正使・劉徳高が大友皇子を接見し

— 此の王子、風骨世間の人に似ず、実に此の国の分に非ず。

と評し、大増気に入られたのは倭国にとってこの先、幸いなことだと辰仁は胸を撫で下ろした。

同年、九月。熊津就利山の会盟が滞りなく完了したのを見届けた正使・劉徳高は、唐皇帝・高宗の表函（ひょうかん）を携え、朝散大夫・郭務悰と司馬・法聡を伴って降伏調印のために倭の海を渡り筑紫那津宮にやって来た。倭国の大王（天智）は郭務悰との予備折衝に基づいて唐の正使・劉徳高と粛々と降伏の調印を行った。そして、大王は調印に従って大海人皇子が守っていた飛鳥の岡本宮に遷り、淡海の大津宮へ遷宮する準備を急いだ。司馬・法聡は筑紫都督府の都督

に就いた。唐より劉徳高の道案内兼通訳として帰国した留学生・境部連石積（さかいべのむらじいわづみ）は大山下（だいせんげ）の位を与えられ倭国の官人として法聡に仕えた。法聡は早速、通信施設として対馬に金田城、瀬戸内海航路の拠点として讃岐国に屋島城を築いた。生駒山麓の高安城は難波と飛鳥を監視する拠点とし、外縁に土塁を巡らせて羅城とした。又、淡海の大津と敦賀の中間に位置する三尾城（みおのき）を烽火（のろし）の城とした。

倭国の唐に対する降伏調印完了の報は翌日には烽火（のろし）によって筑紫から熊津に届いた。この知らせを受けて、就利山の会盟に出席した倭国の使節も唐皇帝・高宗の泰山封禅の儀に参席することを許された。

同年、十月。熊津都護府の将軍・劉仁軌は新羅、百済、倭国、耽羅、後に帰順して来た高句麗の王子・男福を使節に加えて封禅の儀式を祝う泰山への旅に意気揚揚と出発した。一行は、熊津から白村江南岸の群山へ出ると、船で黄海に出て山東半島の登州に上陸した。熊津から群山まで約四十里で五日。そこから登州へは二日かかった。登州から青州を経て泰安まで約百四十里で一カ月を要した。劉仁軌将軍や各国の酋長は馬車に乗り、他の使節は騎馬で従い、先頭と後尾に護衛兵が付いて最後に荷役が続きゆったりとした旅であった。宿場ごとに小さな酒宴が催されて、相戦った仲とは思われない和やかな雰囲気であった。

封禅の儀式が行われる泰山は道教の五岳の一つで五千尺余りの高さがあり、交通の要所・泰安と黄河の間に聳（そび）えていた。
天智五年（六六六）、正月。皇帝により泰山城の天況（てんきょう）殿で『封禅の儀』が挙行された。『封禅の儀』は玉皇頂に天の神を祀（まつ）るのを「封」といい、山の麓（ふもと）で地を祓（はら）い浄めて山河を祀るのを「禅」という。泰山は、秦の始皇帝の御代より歴代の皇帝が精神的支柱とした霊峰で、皇帝は天命によって地上の覇者となったことを天上の神に感謝し、政権の安定と国の栄え、そして豊作で民の暮らしが満ち足りたものになることを祈った。辰仁は天壇に続く赤い絨毯と、壇上で燃やされる絹布の炎を下から仰ぎ見ていた。この儀式に突厥（とっけつ）、波斯（はし＝ペルシャ）、天竺国（てんじく＝インド）、啓罽（けいひん＝カシミール）、于天（うてん＝ホータン）、林邑（りんゆう＝ベトナム）、崑崙（こんろん＝中央アジア）、新羅、百済、高句麗、倭国等、諸蕃の酋長を臨席させ、大唐帝国が世界の中心に君臨していることを諸国に示した。唐皇帝・高宗は封禅の儀が盛大に終わったことを悦び、劉仁軌将軍を朝廷の大司憲に任じた。又、倭国の王子・大友皇子を引見し、皇子の礼に叶った立ち居振る舞いと、流暢な唐語で恭順の意を表するのを聴いて大いに愉快と思し召し
――中国に着いて長安に着かないのは中国に着かないに等しい。
と倭国の使節が長安まで来るようお言葉を賜った。しかし、大友皇子は
――天子さまのご威光が倭国の隅々まで速やかに行き渡るよう帰国させて下さい。
と丁重にこれを固辞した。そして、皇子が倭国より旅の安全を願う装身具として持って来た水精

（水晶）と瑪瑙（めのう）を差し出して
――唐の優れた工芸技術で高貴な婦人の歩揺（ほよう＝髪飾り）にでもしていただければ幸いです。
と奏上した。大友皇子と劉仁軌将軍の強い推挙により判官・船史辰仁が皇子の代わりに入唐することが許された。思わぬ話の進展に辰仁は敗戦国の使であることも忘れて、心の内で小躍りしてしまった。尊崇して止まない旻師も、兄の道昭も見た唐の都・長安を自分も死ぬまでに一度は見たいと思い続けていたからである。

（八）大唐見聞私事記

辰仁には旅の間、唐朝廷より生活費が支給され、書記が一人従者として付くことが許された。書記は淡海の秦氏の出身で秦直文（はたのなおふみ）といった。この青年が秦田来津隊長の嫡男だと知ったのは暫く経ってからだった。辰仁はこの書記に『大唐見聞私事記』を書かせることにした。長安までの旅には大友皇子が乗っていた天蓋付き一頭だて馬車の使用が許されて、黄河が拓いた肥沃な田園風景の中をゆったりと西へ進んだ。泰安から江南産の米の集散地で商都でもある洛陽まで百八十里を一カ月半懸けた。洛陽から函谷関を通って長安の都までの八十里は一カ月の旅であった。

大唐の都・長安は辰仁の想像をはるかに超えていた。辰仁は白雉二年（六五一）に完成した難波長柄豊碕宮落成の式典に旻師のお供として同行したとき、朝堂院の回廊の長さだけで東西八十尺、南北九十尺あり、宮全体は東西南北が半里以上もあって大変驚いたのを今もよく覚えているが、唐の都の広大さはとても比較出来るものではなかった。長安城に近づくにつれ大通りは道幅が二百尺近くもあって荷車を引く馬や牛が行き交い、駱駝も背にうず高く荷を積んで歩いていた。煉瓦造りの城の外廊は二十尺以上の高さがあり、この上を馬で駆けることが出来るといい、城廓は東西が十里、南北が九里もあるという。長安城は外廓城と皇城、宮城から成っていて、鐘楼、鼓楼からは毎日規則正しく晨鐘暮鼓（しんしょうぼこ）が鳴り響いていた。正面に安化門、明徳門、啓夏門と三つの大きな城門があって、皇帝は中央の明徳門より朱雀大街を通って、三門を構えた朱雀門より皇城へ向われた。辰仁たちは啓夏門より入ってすぐの宿坊へ案内された。辰仁にも従者にも一室が与えられここに旅装を解いた。部屋の中は少し薄暗いが黒い陶板を敷き詰めた床はしっとりとして高ぶった気持ちを落ち着かせてくれた。夕刻になって応接係の若い唐人が現れた。名は劉希夷（りゅうきい）、字（あざな）を廷芝（ていし）といい、歳は二十歳くらいに見えた。廷芝は控えめながら倭国と辰仁への興味を隠さない好青年で、辰仁もまた大唐の都・長安と同じくらいにこの廷芝という青年に興味を持った。

長安は城廓の内外に百万人が住まう世界一の大都市だという。長安は東に童関（どうかん）、函谷関があり、南に武関、西に大散関、北に蕭関（しょうかん）があるため難攻不落の地として歴代の皇帝が都と定めた所である。長安城は隋の大興城を基礎にして建造された歴史ある城なので城内の諸施設も充実しており、且つ気宇壮大であった。城廓内の街路は碁盤の目の形を呈し、左右対称に造られた閉鎖式の都城であった。南北方向の大通りが十一本、東西方向の大通りが十四本ある。東西に延興門と廷平門を繋ぐ大通りがあり百八十尺の幅がある以外は、他の門と門を繋ぐ大通りはどれも五百尺の道幅があるという広大な大通りであった。宮城は城廓の北部の中央に位置して、太極殿の南に皇城が連結し、北東に禁苑をつないで大明宮、南東に興慶宮がある。大明宮の中心には含元殿や麟徳殿があり、ここで政（まつりごと）が行われており、異国の使節の接見もここで行われる。特に地上から見上げる含元殿の威容は皇帝の力を広く内外に知らしめるに充分なものであった。城廓の南東の端には皇室の庭園である曲江と芙蓉園がある。また、城廓内には有力者の菩提寺が林立し、仏教の寺院の他に道教の桜観台や景教（ネストリウス派キリスト教）の教会もあって、東西文化の融合する都であることが一目で分かる。また、城廓内の西市と東市の賑わいは商都の繁栄を示すものであった。辰仁は廷芝の案内で城内を毎日隈なく歩いたが、西市では異国の珍しい品を売る店が軒を並べていた。或る店では円筒形の帽子を被った髭の男が木枠から吊るした羊の肉を客の求めに応じて切り分けて売っていた。倭国でも鹿や猪の肉を市場で売っているのを見たが人前で皮を剥ぎ、肉を切るのは見たことがなかった。このことを廷芝に言うと廷芝は「東市では豚を逆さに吊るして切り売りしていますよ」と笑い、「東市の夜市は是非ご安内したい」と言った。市場には絨毯（じゅうたん）や、銀や銅の食器、色鮮やかな壺や皿、螺鈿（らでん）を施した机や椅子も売られていた。食品の類も豊富で米や粟は勿論のこと、干し葡萄や棗（なつめ）、無花果（いちじく）、柘榴（ざくろ）、西瓜（すいか）など珍しい果物が所狭しと並べられていた。それらの店の前は体を布に包んだ青い眼の女や、色鮮やかな胡服を着た唐人が行き交い、ひときわ華やかに賑わっていた。廷芝は「大海は百川の水を差別なく受け入れ、万国の衣冠が長安を拝謁する」と得意げに言い、胡商（イランの商人）や波羅門（ばらもん＝インド）、波斯（はし＝ペルシャ）、崑崙（こんろん＝中央アジア）、林邑（りんゆう＝ベトナム）など様々な国の商人が営む商店や旅館が延々と軒を連ねていた。東市は婦人の髪飾りや喫煙具や書画の用具など手工芸品の店が並ぶ一方、軒口に赤い桃灯（ちょうちん）をつるした紅楼や酒店で賑わう遊興の街でもあった。辰仁は夥（おびただ）しい種類の紙や筆、墨が並べられている店に入ると全ての品を一個ずつ確かめながら買い求めた。また、暦（こよみ）を売る店があって印刷という技術があるのを知って驚いた。更に、唐語を話せない外国人に読み書きを教える「大学習巷（こう）」という学習塾があるのにも感心してしまった。廷芝は重ねるように、「我が王朝には三百余国が朝貢関係を結び、数万人がこの長安に仮住いしているのです」と誇らしげに話し、「城廓の外に出れば馬の他に駱駝や驢馬（ろば）、それにいろんな目の色をした奴隷を売っている市場がありますよ」と言った。廷芝は、この長安が中国の中原文化と西部文化の交わる地であり、農耕文化と遊牧文化、漢文化と少数民族の文化が行き交う地であることを話してくれた。

辰仁は城門の外へも行きたいと思ったが許可証がなければ出られない。門を自由に出入りしている人は皆通行証を持っていて、地位ある官人や商人や地主の庇護の下にある人たちである。辰仁は城廓の東南の角に一際高く見える大雁塔に足を向けた。この塔は曲江の畔（ほとり）にある慈恩寺の境内に建っていた。兄・道昭は十四年も前にここで修業をしたのだと思うと感無量であった。師の三蔵法師玄奘さまはすでに二年前に冥界に旅立たれていた。二百尺余りの高さを誇る七階建の大雁塔は古都長安の標識であり、遠くまで鳴り響く早朝の鐘の音は「雁塔晨鐘」として今も都の人々に親しまれていた。天竺より持ち帰られた多くの仏教の経典は玄奘法師により、新しく中国語に翻訳し直されて周辺の国々に伝わったのだが、一冊の経典がどれだけの苦難を乗り越えて倭国まで伝わったことかと思うと、辰仁は深く頭を垂れるのだった。慈恩寺のお堂には釈迦如来と仏たちが壁一杯に浮刻され金色に輝いていた。反対側の壁には色鮮やかに極楽浄土が描かれていて、見る者に安らぎを与えてくれた。

或る日、辰仁は一人で碁盤を買いに西市へ行った。外出できぬときの慰みに直文（なおふみ）

に囲碁の手解きでもしてやろうと思ったのである。辰仁も師の旻法師から唐語を教わる傍ら、書庫でこっそり碁を教えてもらったのである。胡人の店では薄い二枚の板の裏に布を貼り、二つ折にして携帯の出来る碁盤を売っていた。粗雑な作りであったが、これなら旅の慰みに丁度良い。白と黒の碁石は必要なだけ袋に詰めて持って帰れと言う。それに値段も思いの外安く銀銭を使うまでもなく開元通寳で充分であった。従者の直文は一人で東市見物に出かけたのだが鼓楼から暮鼓が聞える時刻になってやっと帰って来た。少し酒が入っているようでいつもより赤ら顔で陽気だった。辰仁は

―何か面白いものでも見付けたか。

と声を掛けた。直文はちょっとはにかみながら

―整髪院がやたら多いので、一つ無精髭でも剃ってもらおうと思って入って見たのです。すると青い眼をした若い女姓が現れ、臣の手を取ると二階へ案内したのです。その二階は広い中庭を囲む回廊で継がっていて、回廊には桃灯が飾られ、色とりどりの玉簾（たまのれん）が掛っていました。その一つを潜（くぐ）ると赤い絨毯の敷き詰められた甘い薫りのする部屋に入れられたのです。部屋には花を生けた円机の上に酒器が置かれていて、その奥に四隅を赤い桃灯で飾った寝台がありました。臣にはそこが紅楼だとすぐ分かりました。ここまで来て引き返す訳にはいきません。出される酒を呑み、気持ちよく美女を抱きました。倭国の遊女（あそびめ）と少しも変りません。今日は素晴らしい経験をしてきました。

となめらかな口調で自慢げに話すのだった。辰仁は幸か不幸か、今までそうした悪所に足を運んだことがない。酒の酔いが醒め始めるとついさっきまで陽気だった直文が落ち込んだ声で

――辰仁さま、臣の父は何んの為に白村江まで行って死んだのでしょうか。倭国が小中華の国となる夢のために死んだのですか。嗚呼（ああ）、一体自分は大唐まで来て何をしているのでしょう。

と言って嘆息を洩らすのだった。それにしても酒が入ると人はこうも変わるものかと呆れたが、普段の謹厳実直な直文を思い出すと叱る気にもなれなかった。辰仁は

――田来津隊長は武人として立派な最後を遂げられた。人の死の意味も、生の意味も本人にしか分らないのではないだろうか。其々（それぞれ）与えられた命を自分なりに生き、自分で納得する、それが人生ではないか。

と珍しく諭（さと）して

――今日のことは『大唐見聞私事記』にしっかり書いておくのだな。

と笑い顔で言うと、二人揃って遅い夕食を食べに食堂（じきどう）へ行った。食堂で紅楼の話を聞いた廷芝は

――長安は混血美人の多い所です。この奴我（やつかれ）にも鮮卑や胡人や粟特（そぐど）人の血が入っているのが誇りです。この長安は漢人だけではなく、粟特人や西域人などの騎馬民族の国でもあるのです。整髪院が多いのは男が身なりを整えて婦人に会うためですが、本当は客同志が顔を合わせなくてよいように多くの出入口が設けられているのです。

と説明してくれた。
翌日、辰仁は早速、直文に囲碁を教え始めた。そこへ廷芝が朝の挨拶にやって来て、二人が碁盤を囲んでいるのを見ると
―奴我にも多少、腕に覚えがあります。是非、一局手合せを願います。
と割り込んで来て、昨日辰仁が買って来た粗末な碁盤を見ると、別室より螺鈿の装飾が施された立派な碁盤と黒曜石と蛤で作られた碁石を持って来た。打ち進める内に廷芝は手堅く碁盤の四隅を取り、自信ありげに
―実利は裏切りませんから。
という。辰仁は、わざと天元に石を置き中央に広大な地を作った。勝敗が明らかになって
―島国の奴我が中央に広大な領地を持ち、大国・唐の廷芝が四隅に小さな地を作るとは愉快。
と辰仁が言うと廷芝は大いに悔しがった。廷芝は暇を見付けては辰仁に囲碁を挑んだ。二人はすっかり打ち解けて、色んな事を話題にするようになった。昨日、廷芝が言った「長安は騎馬民族の国でもあるのです」と言ったのが気になって問い正すと
―朝廷の騎馬軍団は今も西域人がその任に当っています。今、長安では婦人が胡帽を被り、胡服を着て馬に乗るのが流行しています。豊かな家の若者は細犬(=猟犬の一種)を使って騎馬で鹿追いをするのが流行(はや)りです。流行っていると言えば、「天子さまは国の四方に巣箱を置いて、長安に蜜を集めなさる。蜂に刺されなければよいが」と言う童謡(わざうた)が謡われているん

ですよ。

と言って、首をすくめて見せた。

――所で貴方（あなた）は「音辞博士」と呼ばれているのですから、この詩をご存知でしょう。

と言うと、廷芝は北斉（ほくせい）の斛律金（こくりつきん）の詩を朗詠した。辰仁の好きな詩、
詔勒歌（ちょくろくか）であった。

詔勒川　　詔勒の川
陰山下　　陰山の下（もと）
天似穹盧　　天は穹盧（きゅうろ）に似（に）て
籠蓋四野　　四野（しや）を籠蓋（ろうがい）す

辰仁はここまで聞くと後の詩を

天蒼蒼　　天は蒼蒼（そうそう）
野茫茫　　野は茫茫（ぼうぼう）
風吹草低　　風吹き草低（た）れて
見牛羊　　牛羊（ぎゅうよう）を見る

（蒼々たる大空のもと、茫々たる平原に、　風が吹きわたり、草が波のようになり、
そこに放牧された牛羊の群が見える）

と廷芝に唱和した。辰仁がよく一人口遊（くちずさ）む北方遊牧民の古歌である。廷芝は辰仁の唱和を聞くと抱擁せんばかりに喜んだ。一篇の詩が二人の垣根を瞬時に取り払ってしまった。廷芝は詩を解する友を得て自作の長詩『代悲白頭翁（白頭を悲しむ翁に代わる）』の一節を朗誦した。

古人無復洛城東　　古人　復（また）洛城の東に無く
今人還對落花風　　今人　還（また）落花の風に対す
年年歳歳花相似　　年年歳歳　花　相似たり
歳歳年年人不同　　歳歳年年　人　同じからず

「年ごとに春はめぐり、花は同じように咲くのに、その年ごとにその花を見る人は同じではない」と歌っている。辰仁は廷芝の非凡を知った。今年はこの詩が都で流行っているのだという。廷芝は一年に一作ずつ詩を発表して今年で三年目だという。彼は官人としては低い身分ではあったが流行詩人として都の人気者だったのだ。甘く流れるこの無常感こそ今の都に横溢する気分なのだった。廷芝は辰仁の詩を是非拝見したいと無理難題を言った。辰仁は倭の言葉の表記の様を調

べてはいたが詩作の趣味はなかった。しかし、若い廷芝の詩に触発されて、轟の里の初音を思いながら一晩かけて戯歌を書き留めてみた。

吟戯歌　　　戯歌を吟ず
日出耕山野　日出（いで）ては　山野を耕し
日入燭当灯　日入れば　燭（ひ）当（まさ）に灯すべし
挙酒吟戯歌　酒を手に取り戯歌を吟ず
談笑無已時　談笑して已（や）む時無し
君同衾夢中　君と同衾（ともね）すれば夢の中

廷芝は、辰任の歌を一読して大笑し、直文（なおふみ）も
―「君と同衾（ともね）すれば夢の中」はいいですね。
と笑いを押し殺した。廷芝は机上にあった紙に即興で筆を走らせ

與君相向轉相親　君と相向かいて転（うた）た相親しみ
與君雙棲共一身　君と双び棲（す）みて一身を共にせん

と書いて見せた。辰仁は碁の仇をまんまと詩作で取られたのだが、遠く異国に友を見付けることが出来たことは無上の喜びであった。

或るとき、廷芝は辰仁にそっと耳打ちして

――奴我（やつかれ）が同僚に話したのがいけなかったのですが、「倭国の辰仁という男は囲碁が大そう強い」という噂が皇帝の耳にも入ったようで、近くお声が掛かるかも知れません。もし、そのような事にでもなれば気を付けなければなりません。万一、奴我に対するように華麗に勝つようなことがあればご機嫌を損ねるかも知れません。反対に皇帝に巧（うま）く勝を譲って余り悦ばせてしまうと、貴方（あなた）は倭国へ帰る期会を失ってしまうかも知れません。

と真顔で心配してくれるのだった。

辰仁は、廷芝の忠言を聞いて我に帰った。冷静に考えて見れば唐朝の抱容力も倭国に対する羈縻支配のための懐柔策でしかない。このまま敗戦国の使史が戦勝国の寛容な扱いに気を許して無為な日々を過しておれば、いずれは唐の官吏として倭国に送り込まれる破目に落ち入る。そう考えるに至った辰仁は急遽、帰国願いを提出することにした。廷芝は辰仁の考えに同意し、役所の審査が通りやすいように辰仁の書いた上奏文を手直ししてくれた。更に「倭国へ持ち帰りたい物があれば言って欲しい」とまでの言葉に、辰仁は中国語の辞典『切韻』を書写させて欲しいと言った。倭国には部首引の漢字辞典『玉篇』はもたらされていたが発音による辞典は来ていなかったのである。秦直文はその日より夜を徹して『切韻』五巻を書き写した。

暫くして、朝廷より「春の宴に列席してから倭国への帰国を認める」という内示があった。辰仁は未だ見ていない所を訪ねたいと思ったが、どこも城廓の外であり叶わぬことであった。名峰・華山にも登って見たかったし、洛陽から南へ延びる大運河も見ておきたかった。更に、出来るなら陝北の草原や大砂漠にまで行って見たかった。しかし、もう辰仁の心は倭国の飛鳥へ飛んでいた。辰仁は故郷への思いを

胡馬依北風　胡馬（こば）は北風に依（よ）り
越鳥巣南枝　越鳥（えっちょう）は南枝に巣くう
（北方の胡に生れた馬は北風が吹くと故郷を恋しがって、その風に身を依せる。南の越（えつ）の国から渡って来た鳥は、また故郷を恋しがって南の枝に巣を作る）

と古詩に託して朗詠した。帰国の許しが下りた日は東の夜市に赴いた。酒店は夜の帳（とばり）に逆らうように明々と桃灯を輝かせて残り少ない別れの時を忘れさせてくれた。廷芝は酔う程に、自作の詩『代悲白頭翁』の続きを気持ちよさそうに朗誦した。

宛轉蛾眉能幾時　宛転（えんてん）たる蛾眉　能く幾時ぞ
須臾鶴髪亂如絲　須臾（しゅゆ）にして　鶴髪　乱（みだ）れて　糸の如し

但看古來歌舞地　但（ただ）看（み）よ　古來歌舞の地
惟有黄昏鳥雀悲　惟（ただ）黄昏（こうこん）鳥雀の悲しむ　有るのみ
（しなやかな眉の美人も、どれだけ長くその美しさを保てることか、つかの間に、白髪は乱（みだ）れて、糸のようになってしまうのだ。ごらんよ、昔から歌舞に酔うて来た地も、今はただ黄昏（たそがれ）時に、小鳥や雀が悲しげに　さえずるだけだ）

愁いを含んだ優美な詩であった。辰仁は
――廷芝、貴方の名前は大唐の詩人として後世まで残るでしょう。
と讃（たた）えた。廷芝は辰仁にも一筆詩を求めた。辰仁は非才を承知の上で、酒に酔った勢いで筆を執った。

尋渓魚　渓魚を尋（たず）ねる
渡水復渡岩　水を渡り　復（また）岩を渡る
看魚還看花　魚を看（み）還（また）花を看（み）る
残雪路江上　残雪　江上の路（みち）
不覺到杣屋　覺（おぼ）えず　杣屋（そまや）に到る

廷芝は暫し首を捻りながら
――詩作には、押韻など約束事が多いのですが、気持ちはよく伝わります。辰仁、貴方は釣りが大変好きなのですね。杣屋とあるのは何でしょうか、我が国にこの字はないのですが。「君同衾夢中」の家でしょうか。
と笑いながら訊ねた。辰仁は
――奴我（やつかれ）の詩は戯れですが、杣屋（そまや）は木こりの山小屋で、谷に入って釣りに夢中になり、そのような所に泊ることもあったのです。今、懐かしく思い出したのです。
と語った。

春の宴は杏（あんず）や桃の花の咲き誇る四月の初めに芙蓉園の紫雲楼で行われた。辰仁と直文は廷芝に案内されて楼閣の片隅に席を取ったが、楼の奥深く鎮座されている皇帝のお姿は仰ぎ見ることすらできない。貴人や貴婦人の煌びやかな衣装と髪飾りの華やかさに目を丸くしていたが、招かれた異国人たちの衣装も見たことのないものばかりで、長安の賑わいを一堂に集めた感がして、大唐の隆盛がよく判った。幾つもの大きな円机には「長安第一味」と誉れ高い鶏や羊や牛の料理が並び、銘酒の数々が次々と運ばれてきた。中央の舞台では宮庭楽人の琴と胡人の楽団の胡弓の演奏が競われ、それに合せた舞踏を競う闘舞が始まった。闘舞に続いて胡人による曲芸が喝采を浴び、宴はいつ終わるとも知れず続いた。辰仁たちが外に出ると園の彼方（あちら）こちらに微風（そよかぜ）に当たって酔いを醒ます人が散策していて、ここにも楽の音や宴のざわめきが伝わって来た。この芙蓉園では一年に何度となくこのような宴が催されているのだという。曲江の水面に映った紫雲楼の上に桃の花びらが浮び大唐の春はいつ迄も人を酔わせた。

帰国の準備も整った或る日、辰仁は宮廷に使役されている奴（やっこ）の中に一般の奴とはどこか面差しや挙措が異なる者が居るのに気付き廷芝に告げると、彼らは百済の役で唐軍の捕虜になり、身を貶（おと）して酷使される毎日を送っているのだと分かった。辰仁は廷芝に手を打ってもらい三人ばかりの同邦人を連れて帰ることが許された。廷芝の周到な手筈のお陰で、辰仁たちは駅馬（はやうま）の使用が許され、廷芝も洛陽まで同行して見送ってくれるという。礼義を重んじ、功利を軽んずる彼の人柄を辰仁は心から有難いと感謝した。別れの夜は時の経つのも忘れ酒を酌（く）み交した。廷芝は二尺ばかりの桐箱を取り出し

――倭国の谷で存分に釣りを楽しんで下さい。両手に持てぬ程の大魚が釣れたなら天高く放り上げてこの長安まで届けて下さい。

と言って泪を落した。「贈　辰仁先生」と書かれた箱を開けると螺鈿（らでん）の装飾が施された竹の繋ぎ竿が入っていた。竿の横には小指の爪ほどの精巧な作りの釣鉤が百個も入れてあって、蝋引きした木綿の釣り糸と漆塗りの浮子（うき）まで添えてあった。感激が治まらない辰仁の前に

――これは朝廷より倭国への土産です。
と言って大きな箱が置かれた。箱の中には倭国にも一つしか無いと聞く漢字辞典『玉篇』二十巻が入っていた。直文が書写した『切韻』五巻と併せて後世まで国の宝となるものである。別れの朝、廷芝は
――再見　我希望你安全（サイチェン　ウォシワンニ　アンチュエン）。さようなら。どうかご無事で。再見　我希望你安全（サイチェン　ウォシワンニ　アンチュエン）。
とくり返しながら見えなくなるまで手を振ってくれた。

辰仁と直文は来た時と逆の径路を辿り、半島の慶州に着くと暫く足止めされた。その間、辰仁は驚く程丁重な扱いを受けた。六月に高句麗の淵蓋蘇文が没したことを知らされ、七月になって新羅の文武王より倭国の大王（天智）への親書が託されると、急遽、帰国が許された。
八月には倭国の筑紫へ無事帰国することが出来たが、大王（天智）は七月に飛鳥の板蓋宮に遷られた後であった。辰仁は休む暇もなく飛鳥へ急いだ。大王に文武王の親書を渡し、大友皇子には秦直文が記した『大唐見聞私事記』を差し出した。大切に持ち帰った漢字字典『切韻』五巻と唐の朝廷より賜った『玉篇』二十巻を図書寮に納めると、辰仁は父母の待つ河内の野中郷へ帰り躯を休めることにした。しかし、古郷へ帰ってみると、母は既に一年前に亡くなっており、父・恵尺もこの四月に没していた。父は大王より小錦下の官位を賜っていた。享年五十三歳であった。

辰仁は兄・道昭の禅院に身を寄せることにした。

天智六年（六六七）、二月。大王（天智）は前大王（斉明）と前々太后（間人王女）の合葬を飛鳥の地で荘厳に取り行い、ご自分が正統な後継者であることを畿内外の諸侯、諸豪族に知らしめ、京を淡海の大津宮へ遷すことを宣言された。同年十一月には生駒山の南麓にある高安城が改築されて広大な城壁が廻（めぐ）らされた。そこに大和都督府が置かれ、都督には筑紫都督府に派遣されていた熊津都護府の司馬・法聡が送り込まれた。法聡が倭国に対する羈縻政策の進捗状況報告の為に都護府に帰るときは境部連石積がその任に当たった。石積は、中臣内臣さまの長男・定慧が唐の官人だと辰仁に話した人物であり、唐の羈縻政策を推し進めた郭務悰の配下にあった人物である。

（九）浜の離宮

天智七年（六六八）、正月。新装なった大津宮で新年の朝賀の儀式の前に正式な大王の即位儀礼が行われた。諸候・高官の末席に辰仁も召し出された。新しい宮殿はすぐ近くまで琵琶湖の渚がせまる高台にあり眺望に恵まれていたが、背後に比枝（ひえ）の山が迫り京域は狭く、その偉容を天下に示すというものではなかった。勿論、辰仁の見た長安の都とは比べようもなかった。遷都には幾内の豪族たちの根強い抵抗があったが、大王はこれを断行せざるを得なかった。敗戦により天智四年（六六五）、就利山の会盟で倭国が熊津都護府の支配下に入ることが決まり、唐皇帝の正使・劉徳高と朝散大夫・郭務悰、司馬・法総が倭国へ来て降伏調印を結んだ時より飛鳥京を明け渡すことは決っていたのである。朝廷側では筑紫都督府との折衝に大王の腹心の蘇我赤兄臣を当て、大和都督府には劉徳高の信認が篤い大友皇子が対応した。後から思うと、飛鳥の京を守ってきた皇太弟（大海人皇子）は此の頃より自分が政（まつりごと）の蚊帳の外に置かれたと感じ始めたのではないだろうかと辰仁は思った。皇太弟に従う豪族達もまた同様の感情を持ったに違いない。

辰仁は内臣（鎌足）さまより

—この度の『百済の役』では大変な苦労をかけた。これからは図書頭（ずしょのかみ）として後進の指導に当たって欲しい。

と言われた。しかし、辰仁は以前に仕官を辞退したときと同じように、これを丁重に断った。そして、率直に

—奴我（やつかれ）は、飛鳥の草庵に帰って学生（がくしょう）として過ごしたいと思います。

と応えると、内臣さまは昔と少しも変らぬ辰仁を認め

—朝廷より下問のあったときは速やかに出司するように。

と申され、内臣の長男・定慧が帰国したその年の暮れに死んだことを知らされた。未だ二十三歳の若さであった。辰仁に託した唐の書物は無事内臣の館に届き、定慧はこれを辰仁が倭の言葉に訳してくれることを願っていたと伝えられた。

大友皇子からは

—辰仁兄、これからはこう呼ばせて下さい。『大唐見聞私事記』、大変面白く読みました　我も唐の都・長安を一目見たかった。そして、詩人・廷芝兄にもお会いしたかった。残念です。

と声をかけられた。
朝廷には敗戦の重苦しい空気が漂っていたが、大友皇子は明るく大らかで聡明であった。

飛鳥寺のそばの小庵は辰仁の出立のときのままに保たれていたが、これも父・恵尺の計らいであった。兄・道昭の禅院はその庵の北に建てられていて、辰仁はそこで兄と久しぶりに夜を徹して語り明かした。兄は、今も長安に鳴り響く大雁塔の晨鐘の話を聞き、又、二年前に玄奘師が他界されたのを知らされると、釈迦如来に手を合せ、天国の尊師に一人語りかけるのだった。

以前、庵にいた賄いの夫婦も戻り、辰仁は定慧より託された唐の書物に目を通す日々を送っていた。これらの書物の多くは唐の羈縻政策や冊封の実態を記したものであったが、税制に関するものも少なくなかった。それらの書物から定慧の関心がどこにあったかが良く判って、彼の無念を考えると心が痛んだ。唐書には辰仁の知らない用語も多く、こんなとき側に廷芝が居てくれればと思うのだった。

遷都より一年余りたった頃。大津宮にいる大友皇子より文が届いた。「五月の吉日に淡海の蒲生野で薬猟が挙行されるから愛馬と共に来られたい」とあり、「翌日は浜の離宮で酒宴が聞かれるので酒菜（さかな）に山女魚（やまめ）を五十匹ばかり所望したい」と書かれていた。辰仁は、廷芝より贈られた螺鈿（らでん）の釣竿と釣鉤に蝋引きした木綿の釣り糸を取り出すと、心は早くも轟の里の大滝へ向かっていた。鉤と糸は有る。竿はやはり現地で調達した太い竹竿がよい。しかし、五十匹も釣れるだろうか。もし、獲れたとしても魚はすぐ腐ってしまう。あれこれ思案を重ねているのももどかしくて、早速、轟の里に行くことにした。人は己の心の奥にあるものに突然気付くことがある。辰仁は馬を走らせているうちに早く初音に会いたいという切ない思いが込み上げて来るのを止めることが出来なかった。

里長の与富は以前と同じように心よく辰仁を迎え、自宅の別棟に案内した。辰仁が朝廷に献上する山女魚のことを話すと、与富は

―それは大変だ。今は田植えの準備に忙しい時期なので、あまりお手伝いできないかも知れません。今月中に五十匹も釣れるだろうか。

と自信なさそうに言ったが、辰仁が取り出した釣鉤と糸を見ると

―これは凄い。この鉤の先はまるで刃物のようだ。この糸なら二尺の魚にだって切られやしない。

と急にその気になって釣り算段に身を乗り出していた。

―魚は釣ったその日に腹を出し、塩水で洗い、一昼夜陰干しをしてから囲炉裏の吊り棚に乗せ、桜の小枝で十日ほど燻（いぶ）れば正月までは十分持ちますよ。

と教えてくれた。

夕刻になって老女が酒と酒菜を運んで来たので初音はどうしているのかと里長に聞いた。一瞬、

里長は戸惑い、顔を曇らせた。初音は里の百姓の家へ嫁に出したが、産後の肥立ちが悪く死んでしまったと言った。子供は里長夫婦が引き取って育てているという。

里長は初音の話を避けるように話を釣りに戻した。

—— 問題は五十四の魚です。魚を釣るには早朝と夕暮れ時が良い。釣場までこの家から通っていたのでは釣り時を逃してしまう。川の傍に杣屋（そまや）を建て、そこを寝座（ねぐら）にして釣りましょう。

と言う。翌日、里はずれにある初音の墓に参った。饅頭のように土盛をしただけの墓で、「没初音十七歳」と墨で書いた板が立ててあった。辰仁は暫し手を合せ過ぎし日に思いを馳せた。

畑で蚯蚓（みみず）を捕ってから川に行くと、里から三人ばかりの男が来ていて、一日で小屋を建ててしまった。辰仁一人が雨風を凌ぐには十分な広さであつた。朝は日の出を待って川へ行き、昼までに杣屋に帰ると里長の家人が昼飯を用意しておいてくれ、また夕暮れ時まで釣って帰ってくると夕飯を置いていてくれた。特に夕方、日の落ちる時刻によく釣れたので釣った魚の処理をしてから夕食を食べると夜も更け朝までぐっすりとよく眠れた。今まで、このように心地よい深い眠りを経験したことが無い。朝、出掛けに小屋を振り返ると草葺きの屋根から魚を燻す煙が立ち登っていた。与富は折を見て杣屋に来て辰仁の様子を確かめていたが、思いの外早く十日余りで尺山女魚（しゃくやまめ）を五十四釣ることが出来た。船来の釣道具のお陰である。山女魚の外に岩魚も二十匹ほど捕れたが大友皇子の所望は山女魚だったのでそちらを届けることにし

た。里長は

―山女魚は見た目に鮮やかな縦縞の模様があって綺麗だが、食べると黒い岩魚の方が旨いんだ。

と笑った。最後の燻しに更に十日を費やす必要があったので辰仁は杣屋暮らしを続け、この仙境を探索することにした。まず人も足を踏み入れぬという龍門の向うを目指した。川の流れは急に静かになり、左右に蛇行するといくつもの支流に分かれ山の中へ消えていった。眼に入った一番高い山を登って行くと、突然山の中腹で何人もの人が賑（にぎやか）に話をしている場面に出くわした。何の施設もない小さな広場に品物が広げられて交易をしているのだった。話を聞くと、伊勢から塩や海草を運び、大和より麻布や農器具を持って来てここで物々交換をしているのだという。面白いものを見たと思いながら轟の里近くまで帰って来ると棚田が山の斜面を埋め尽くしていて、小さな溜池が夕日に光っていた。雑木林には栗の木が植えられていた。その夜は、与富が濁酒を持って杣屋を訪ねて来た。

―こんな山里は退屈でしょう。これは祭のための社の酒ですが、気晴しに一杯お呑み下さい。

と酒を勧めた。

―今日は面白いものを見た。山の中で市が開かれていたんだ。

と辰仁がいうと、与富は

―古くから続いているんです。でもこの里には何も交換する物がないんです。

と嘆息まじりに言った。辰仁が里の暮しについて尋ねると

――ここらの山田は土地が痩せている上に水の便が悪く、稲の育ちが良くないんですよ。平地の半分くらいしか収穫がありません。だから米の飯（玄米）が食えるのは、家に祝いごとがある日か、里の祭り日くらいです。普段は、麦や粟、木の実や野菜の塩茹（しおゆで）を食うのです。

――それは大変だ。こうして酒をご馳走になっている場合ではない。

辰仁が大いに恐縮すると
――この酒は、里の祭りと郡司さまの接待のために作っているものでご遠慮には及びません。それに、辰仁さまにはたっぷり燻魚（いぶりうお）のお礼を戴いておりますから。

と言った。

――税も厳（きび）しいのだろう。

と訊（たず）ねると
――収穫の百の内、三つ徴収されます。しかし、轟の里は他所（よそ）より恵まれています。里には白蛇社（しろへびのやしろ）の社田が認められており、飢饉のときには社（やしろ）の米を里人に配ります。翌年の種籾もここから分配するのです。ご先祖さまのお陰です。他所では、郡司さまから籾を貸り、借りた籾の三割も利息として返さねばなりません。返えせない者は田を取り上げられ、家人や奴婢になってしまうこともあるのです。

――取り上げられた田はどうなる。

――郡司さまの私有地に成ったり、公田と成って百姓に貸し付けられます。その百姓は地子と呼ばれ収穫の五分の一を賃貸料として納めねばなりません。耕作する者がなければ、元の荒地にもどってしまいます。他所では、こうして貧しい者と富める者との差がどんどん大きくなっていきます。

辰仁は夜の更けるのも忘れて里長と話し込むのだったが、与富が帰ってからも、農民の暮らしを考えるといつまでも眠れなかった。明くる日、飛鳥へ帰る決心をすると、辰仁は里長に一つの提案をした。

―　昨日、山や田畑を歩いて考えたのだが、棚田の上に少し大きな溜池を作ってはどうだろう。裏山の沢から水を引いて溜池に溜めるのだ。この水を里長が管理して、全ての田に水を落していくことが出来れば稲の成長は良くなり、今より米の収量は増え、少しは暮らしが楽になると思うのだが。

というと、里長は

―　吾共（われども）には溜池を作る余裕も技もありません。

と立ち所に反対した。しかし、辰仁は尚も話し続けた。

―　この溜池が出来れば、ここに岩魚や山女魚を放って養殖し、秋になれば成魚だけを網で捕って燻魚（いぶりうお）にして都の市場で売れば増し儲け（＝福業）になり少しは里も潤うはず。一石二鳥の思案だと思うのだがどうだろう。

与富は、辰仁の余りの熱心さに、暫し腕組みをして黙り込んだが

――折を見て、里人にも話してみましょう。皆がその気になれば郡司さまにも話し、ご助力を得ようと思います。水利は郡司さまの権限ですから。

と言った。辰仁は自分が直接なんの力にもなれないのを歯痒く思った。飛鳥への帰り道、馬の背に揺られながら杣屋で燻した岩魚を酒菜に里長と呑み明かした昨夜のことは生涯忘れないだろうと思った。

五月五日。大王（天智）は琵琶湖東岸の蒲生野で薬猟を行われた。皇太弟（ひつぎのみこ＝大海人皇子）、内臣（うちつおみ＝鎌足）、大友皇子をはじめ名のある諸豪族、群臣（まえつぎみ）のことごとくが参加した。薬猟は鹿の若角に薬効があるとして始められた狩猟であるが、今では禁野（しめの＝大王の狩り場）での遊興行事の一つであった。大王（天智）は大海人皇子や豪族たちの不満を少しでも和（やわ）らげるためにこの宴を催されたのだった。

辰仁は大友皇子と轡（くつわ）を並べ　野に放たれた鹿を追った。二人共乗馬には自信を持っていたが鹿を射止めることには興味がなかったので湖の見える丘で小休止した。皇子は一枚の紙片を取り出して詩を朗詠し始めた。数日前、所望された山女魚の燻魚を届けた時に辰仁が一篇の詩を添えておいたのである。

吉野飛水辺翡翠　　吉野の水辺に翡翠（かわせみ）飛び
桜花流水住山魚　　桜花（おうか）流水（るすい）山魚（やまめ）住む
漁翁巌上中水煙　　漁翁（ぎょおう）巌上水煙の中
餌不装鉤待魚肥　　餌に鉤を装（つけ）ず　魚（うお）肥（こゆ）るを待つ

詩の好きな大友皇子は大いに喜び
「鉤に餌を装（つけ）ず」じゃないのですね。
と笑った。

酒宴の開かれる浜の離宮は湖に浮ぶように建っていた。一段高い所に南面して玉座があり、その前に余興の為の舞台が置かれ、その下に対面するように皇族、重臣、諸豪族、群臣（まえつきみ）が座った。辰仁はこのような所に座る身分ではなかったが大王（天智）と皇子の指図で末席を汚（けが）すことになったのである。辰仁がそっと様子を伺うと左の列のはじめには都督の司馬・法総が座り、隣に通訳の境部連石積が座っていて、その次に諸豪族、群臣が座しているのだった。右列には皇太弟（大海人皇子）、内臣、大友皇子と続き末席が辰仁であった。

舞台に老若二人の女性が現れ、和琴（わごん）を奏で始めるとそれに大和笛（やまとぶえ）、笏拍子（しゃくびょうし）が加わり東遊（あずまあそび）が舞われた。各人の前に膳と酒が運ばれ、膳には鯛の塩焼、焼海老、鹿醢（しかのししびしお）、山芋の煮物、野菜茹（やさいのゆでもの）など山海の珍味が載り、辰仁の届けた山女魚の燻魚も並んだ。酒が回り座も和むと、宮廷の詩人がこの日を言祝（ことほ）ぐ賀詩を朗詠した。大友皇子も詩才を発揮して五言一絶の詩を献じた。

侍宴　　宴に侍す
皇明光日月　　皇明　日月と光（て）り
帝徳載天地　　帝徳　天地に載（み）つ
三才並泰昌　　三才ならびに泰昌（たいしょう）
万国表臣義　　万国　臣義を表（あらわ）す

「天子の威光は日月のように光り輝き、天子の聖徳は天地に満ちあふれている。天・地・人ともに太平で栄え、四方の国々は臣下としての礼をつくしている」というものであるが辰仁はこれには興味を示さず、自分の釣った山女魚の旨さに一人悦に入っていると、上座から不意に
――辰仁兄、昨日の薬猟を女装歌で歌って下さいよ。
と大友皇子が振ってきた。辰仁はとまどったが仕方なく歌木簡に即興の戯れ歌を書いて宮人（めしおみな）に渡した。

あかねさす　紫野行き標野（しめの）行き　野守は見ずや君が袖振る　　額田王

これを受け取ると、大友皇子が愉快そうに朗詠し、自作を大きな声で

春風に駒駆（は）せる君　我が心の病　知るや薬猟

と返した。次に、大海人皇子が　促（うなが）されて渋々筆を取り、

紫草の　にほへる妹を　憎くあらば　人妻ゆゑに　われ恋ひめやも

と返歌して座を沸かせた。酒宴は続いて俳優（わざおき＝道化士）たちが面白おかしく歌い踊るうちに、俄に皇太弟（大海人皇子）が鉾（ほこ）を持って舞台に上がり、雄壮な舞いを始めた。皇太弟は舞い進むうちに別人のように形相が変わったかと思うと、「大王、軟弱なり」と一声を発して敷板に鉾を刺し貫かれた。大王は驚いて正に刀を抜かんとされたとき、内臣が飛び出してその手を押し留めた。一瞬、離宮内が静まり返ったとき内臣の指図で一人の姫が舞台に現れ、何事もなかったがごとくに閑雅（かんが）に琴を弾き始めた。若さに溢れた軽やかな調べはいつの間にか一同を和ませた。

辰仁は飛鳥への帰り道、今日の出来事に思を巡らすと胸騒ぎがし、政（まつりごと）は一歩先は闇だと予感した。

(十) 香花

天智四年（六六五）。絶大な権力をふるっていた高句麗の淵蓋蘇文が死去し、継承をめぐり兄弟が内紛を始めると、天智七年（六六八）、唐・新羅軍はついに高句麗を滅ぼした。「白村江の戦い」から五年後のことである。

半島が収まった年の秋。中臣内臣さまが突然、辰仁の庵を訪ねて来られた。

—— 道昭どのと定慧の渡唐送別会をここでしてもらったのが昨日の事のように思われる。

と内臣さまは懐かしそうに庵を見廻し

―『唐の書物』の翻訳は進んでいますかな。
と尋ねられた。辰仁が
― 浅学故、難渋しています。
と素直に応えると
― 今、朝廷は急速に唐化が進んでいる。唐の本当の姿も良く知らずに。
と嘆息した。辰仁が
―「唐化」ですか。
と聞き返すと
― 唐の倭国に対する羈縻（きび）政策の一環なのだが、大津宮に鐘楼と鼓楼が建てられ、二時間ごとに「時」の鼓を打ち、三十分ごとに「刻」の鐘を鳴らすが、朝廷が時を支配することから始めねばならぬのじゃよ。官僚の強化策として百済から逃れて来た貴族を多数登用したが役人の育成も追い付かない。兵の再編成も中々進まない。税の徴収も問題が多い。どれも今まで大王がめざして来られた中央集権の政策に係わる事柄なのだが、都督府から見れば、倭国は官僚制も、軍制も、税制も国として中央集権できる状態に至っていないのだ。だから、唐は大王の廃位を諦（あきら）めたのだが、その大王の権威をもってしても今だ国内の不穏な空気は収まらない。
と言葉をつまらせた。辰仁が
― 最近朝廷の大蔵で火災が起きたそうですが。

と尋ねると
――高安城の改築のために増税したからだという噂が流布されたり、昨年七月に守君大石将軍の指揮のもとに朝廷の牧場で大規模な騎馬隊による軍事演習が行われたが、このときも唐駐留軍の示威演習だという噂が流れた。

と顔を曇らせた。

――大王は若い頃より中国の天命思想と倭国の王統思想の統合に腐心して来られたが、敗戦を機にこれまでの朝廷の統治方法の見直しの必要性に気付かれた。これまでの豪族合議制では難局に対峙した時に指導力を発揮できず、また大王を補佐する官僚制の整備なくして政（まつりごと）を国の隅々まで行き渡らせることは出来ない。対外戦争に際しても、個別に豪族たちの兵を招集するよりも国家の正規軍の編成が急務であり、そのために律令によって徴兵し、税制の確立によって財源を確保しなければならない。これらの事は何も唐の命令に唯唯諾諾（いいだくだく）と従っているのでは無いのだ。

と慨嘆した。暫くして、内臣さまは
――今日はこんな話をしに来たのではない。もっと明るい話を辰仁どのに持って来たのだ。離宮の宴で琴を演奏した姫を覚えておられるかな。

と問うた。

――宴の賑わいが一変して凍り付き、動転しているとき、優雅な物腰で現れると一心に琴を搔き鳴らし皆を安堵させた女性ですね。何方（どちら）のお姫さまなのでしょう。

と、興味深げな返辞をした。

―百済王・扶余豊璋さまと、多臣蔣敷（おおのおみこもしき）さまの娘・美姫さまとの間に生れた姫があの琴の名手である。名を香花といわれる。その琴の名手を辰仁どのの妻にどうかと思うのだが。

内臣さまの思いがけない話に驚いたが、辰仁は浜の離宮での皇太弟・大海人皇子の異様な振舞いと同時に、その場を和（なご）ませた優雅な物腰の姫をはっきりと覚えていた。中臣氏と多氏は古（いにしえ）の昔、百済より倭国へ渡り、共に大和国高市郡（たけちのこおり）に本拠地を持ち大変近しい仲であった。辰仁は余り突然の話に戸惑い
―奴我の様な者とは身分が違いすぎましょう。

と一度は断ったのだが内臣さまの熱心な奨めに押され、お委（まか）せすることになった。

人の出会いとは不思議なものである。多氏は王権による祭祀の一翼を担う特別な氏族で宮廷楽人として神楽・舞楽の秘曲を相承して来た。豊璋王が他国へ消えた後も大妃（おおきさき）美姫さまは百済王の一族として処遇されて来たが、その姫の寂しさを思う者は少なかった。内臣さまはどこまでも細やかに心配りをする方で、姫のことだけでなく辰仁が一人身であることも気に掛けておられたのである。

その年の冬。辰仁の庵の横に小さな館を建てて、二人は夫婦（めおと）になった。妻の香花は

十八歳。辰仁は三十三歳になっていた。

天智八年（六六九）、五月。辰仁は中臣内臣（鎌足）さまから別業（なりどころ＝別宅と私地）のある山科の陶原（すえはら）へ馬駆けに招かれた。唐の書物の翻訳催促だと察して取り敢えず法典『永徽律疏（えいきりつそ）』の　訳文を持参した。山科の遊猟地は内臣さまの私有地で屡々（しばしば）非公式の接待に使われていたが、松林に建てられた四阿（あずまや）で内臣さまと妻の香花のことなど歓談していると、皇太弟・大海人皇子と大友皇子に秦直文（はたのなおふみ）が轡（くつわ）を並べて現れた。辰仁は今まで大海人皇子と親しく言葉を交す期会がなかったが、内臣さまから辰仁のことは色々聞き及びの様子で

――音辞博士も唐の書物の翻訳でご苦労だね。

と労（ねぎら）いの言葉をかけて頂いた。四阿では久し振りの顔合せに話が弾み内臣さまも若者たちの成長ぶりを大そう悦ばれた。秦直文は唐を見聞した者として朝廷の主典（さかん＝文章作成係）に昇位していた。直文は

――早急に律令を制定しなければなりませんが、その前に戸籍令が必要です。今、『百済の役』で国は疲弊しきっています。正格な戸籍簿を作ってこそ、兵も税も徴収できるのです。

と熱心に語った。大友皇子は

――唐書の『戸籍令』の翻訳は、直文、貴方（あなた）がしてはどうか。

と促した。辰仁は
――定慧さまの持ち帰られた唐の書物は膨大です。政（まつりごと）の緊急性に応えられるよう人材を結集して朝廷で翻訳と法令の制定に当られるのがよいかと考えます。臣は、倭語の漢字表記の統一を考えたいと思っています。今まで古辞の研究をしてきましたが、まるで判じ物の謎解きをしているようで、とてものままでは「文章は経国の大業、不朽の盛事」とは参りません。倭語のための当用漢字の制定も急務でしょう。
と話した。内臣さまは
――国を案ずる気持ちは大王（天智）も同じである。しかし、大唐の要請も性急で心を痛めておられる。大王は聡明な方なので結論が見えすぎて諸候の理解が付いて行かないことがある。大友皇子は大王の言葉を補って皆に理解させるよう事を進めねばならないが、諸候の扱いに日頃心を砕いておられる皇太弟からも教えを得られると良い。政（まつりごと）の言葉は詩歌のごとき言葉ではないことに十分留意せねばなりませぬ。
と慈しみを籠めて諭された。皇太弟・大海人皇子は中臣内臣さまの言に深く肯（うなず）きながら誰に言うともなく
――同じ過ちを冒（おか）してはならない。例え大唐の強い要請があろうとも、倭国の兵が二度（ふたたび）倭の海を渡ることがあってはならない。
と呟かれた。大友皇子は直文に

――『大唐見聞私事記』は大変面白く読みました。特に紅楼には私も行って見たかった。

と語り、大いに残念がった。出された酒も菜も美味で、林を渡る風も心地良く時の経つのも忘れそうになったとき、内臣さまは

――今日は馬駆けに招いたのだから、前王（斉明）の追善に大王が建立された崇福寺（すうふくじ）まで一刻ばかり馬駆けしようではないか。

と皆を促し、まだ若い者に引けは取らぬとばかりに先頭を切って駆けられた。その後に辰仁、皇太弟、皇子、直文と続き、一直線になって林の中を疾走した。皇子と直文が遅れ、辰仁が目的地と思われる寺を遠くに見た所で追い付くと、内臣は満足そうに振り向いて大きく鞭を入れ、更に全力で疾走された。辰仁が内臣さまの気持ちの若さに敬意を払いながら後を追うと突然、内臣さまが松の浮根を避け損ねて落馬された。辰仁が馬を飛び降りて駆け寄ると、馬諸共（もろとも）地に伏して動かれない。辰仁は必死に「内臣さま。内臣さま」と叫んだが腰と頭を強く打たれたらしく返辞がなく、追い付いた直文が内臣さまを背負い、崇福寺に駆け込んだ。先程まであんなに意気軒昂だった内臣さまの意識は暫く戻らなかった。翌日、中臣内臣さまは大津の私邸・淡海第（おうみのいえ）に移された。辰仁は毎日のように石山の妻の実家から淡海第を訪れ枕辺に侍（はべ）った。秋になって容態は更に悪くなり、新羅から倭国を訪れていた使者も見舞に訪れたが、十月に入って危篤状態に落ち入られた。

十月十日。大王（天智）が内臣さまの邸（やしき）・淡海第に行幸され、見舞われた。大王は

枕辺に座して

―朕（われ）と内臣とは義においては忠臣と君主の関係だが、礼においては師友であり、互いに尊敬し合う間柄であった。外に出れば同じ車に乗り、戻ってくれば敷物を接して、つねに膝を突き合わせるほど親密であった。寛大な政策、人を慈しむ心が天下を覆い、その威は海外にも知れ渡っている。内臣は朕（われ）の妃であった鏡女王（かがみのひめみこ）を妻として迎え慈しみ、本当の同胞（はらから）であった。

と語りかけられた。大王の言葉を聞き終えると、内臣さまは周囲の者が驚くほどはっきりした言葉で

―六年前の『百済の役（えだち）』の失敗は全て臣の責任です。大王に深くお詫び申し上げます。皇祖母尊（すめらみおやのみこと＝斉明）の道教への篤い信心を良いことに、国民を戦争に駆り立て、性急な国造りを企てたのも私です。そして、百済を滅亡に導き、大王に耐えがたい苦難を強いることになりました。お詫びのしようもありません。どうか、臣の墓は、この老体一つが朽ち果てるに足る小さな穴にして下さい。これ以上、民に迷惑をかけたくはありません。

と苦しい息の下から述べられたのであった。聞いていた者、皆が涙を流した。五日後。大王は皇太弟・大海人皇子を遣わされ中臣内臣さまの永年の功労に対して、最高位の大織冠を授けられ、合せてかねて内臣さまが望まれていた藤原の姓を贈られた。翌十六日、内臣さまは不帰の客となられた。享年五十六歳であった。辰仁は、呆気なくも見事な生涯だったと冥福を祈った。

中臣内臣さまの遺体は大津京近くの山の殯（もがり）の場に移され、薄葬令が実施されている中、破格の待遇で約一カ月の殯の後、大王によって厳かに喪葬がとり行われ、山科の地に埋葬された。野辺の送りには、大王も白麻の喪服を着用され、素足に藁草履を履いて見送られた。葬列は長蛇の人が続き、沿道の辻には多くの民・百姓が膝を屈して偉人の葬列を見送った。辰仁と妻の香花も葬儀に従って大津の淡海第から山科の墓所まで二里半の道程（みちのり）を歩いた。

野辺の送りの帰りはとっぷり日も暮れて、月の照らす道をやっとの思いで瀬田橋の上流、石山の妻の実家に辿り着くと、祖父・多臣蒋敷（おおのおみこもしき）と義母の美姫が夕餉（ゆうげ）の仕度をして待っていてくれた。辰仁が盛大な葬儀の様子と妻の健脚ぶりに驚いたことを報告すると二人はたいそう悦んだ。二人の住いには華美なものは何一つなくむしろ質素で、食事も焼魚に野菜茹（やさいのゆでもの）と栗の入った飯（いい）と味噌汁であった。座敷の撥戸（はねど）を開けるとすぐ近くに瀬田川が流れ、川面を伝う風が秋の深まりを感じさせひんやりと冷たかった。祖父は高齢で余り自分から話し掛けることはなかったが食事の後の一時、神楽笛（かぐらぶえ）の秘曲を吹いて聞かせてくれた。笛は六孔の横笛で、老齢の身には息遣いが苦しそうであったが孫娘の婿に対する斉一杯の持て成しであった。翁は辰仁の顔を繁々と見て、「好（よ）い唇の形をしておられる。笛を吹かれれば名手となられよう」と言った。義母はその美貌から美姫と呼ばれるようになったといわれる人で、髪に白いものが混じる歳になっても尚美しく、物静かな人であった。その義母から夫の百済王・扶余豊障さまの話を聞くことはなかった。妻の香花にも父の記憶がないのは辰仁にとって幸いであった。戦場から一人他国へ逃亡されたなどとは聞かれても言えない事であった。

辰仁は飛鳥の庵に帰ってからも内臣さまとの出会いが思い起こされ悲しみは消えなかった。内臣さまが、「大王（中大兄皇子＝天智大王）は天命思想と王統思想の統合に腐心してこられた」と話されたことを思い起こしながら、内臣さまこそ、この相入れない二つの思想の統合に一生を費されたのではないだろうかと思った。中臣氏は大王の祭祀にあずかって祝詞（のりと）の奏上を掌（つかさど）る氏族の出身であったが、祭事に関する祝詞を政（まつりごと）に用いて、「宣命（せんみょう）」とされたのは中臣鎌足さまだった。蘇我入鹿さまを倒し、権力を奮取された中大兄・鎌足さま側の軍事力、経済力は他の豪族に比べても決して秀でてはいなかった。そこで内臣さまが考えられたのが大王の尊厳化だった。内臣さまが死出の間際に話された「皇祖母尊（すめらみおやのみこと）の信仰心を良いことに、王権の確立を急いだ」のは内臣さま一人の罪ではない。大王（天智）も又、国の外に戦を作ることによって国軍を統一し、王権を揺るぎないものにしようとされたのである。内臣さま亡き後、国の内外から押し寄せる難題を誰が調整出来るだろうか。辰仁の心は重かった。

妻の香花は夕餉（ゆうげ）の後、辰仁が睡りにつくまで静かに琴を弾いて慰めてくれた。辰仁は香花と結ばれた夜、互いの名を呼びあったが、香花が

―「辰仁（しんにん）」という呼び方は、「死人」に通じるからあまり好きではありません。「仁」という字は「人」と「二」の合字で二人あい親しむの意だと母から教わりました。これからは、「仁さま」と呼ばせて下さい。吾（われ）も韓語読みの「ひゃんほあ」は好きではないので中国語読みで「しゃんほあ」と呼んで下さい。

と言うと、辰仁が

― 我も「花（はな）」と呼びたい。

と言い、妻は大変喜んだ。

辰仁は花が女性の身で文字の読み書きが出来、その上、異国の言葉にも通じているのを知り驚くと共に大いに嬉しかった。二度に渡って女帝となられた斉明大王すら文字の読み書きが充分には出来なかったと聞いていたからである。辰仁が折れそうに細い妻の腰を抱き寄せると、花は汗ばんだ体から芳（かぐわ）しい香を解き放ち辰仁を魅了した。

花は琴の他に書道にも興味を持っていて、文字の読みや形について共通の話題を持つことが出来たのも辰仁の大きな悦びであった。もともと倭国には文字がなかったが三百年余り前に大陸や半島から来た人によって倭語を表記する工夫が続けられ今日に至っている。倭語の一音一音に同じ音や訓を持つ漢字を当てていった。こうして倭の言葉は文字と繋がったのだが、中には、山（やま）

や丈夫（ますらを）などのように二字訓、四字訓など漢字は無数にあり、どの漢字を当てはめるかは時代により、人によって様々であったので古辞を解読するのは苦労が多かった。辰仁は先の戦で戦場に赴（おもむ）き『百済の役私事記』を書いたとき、漢字の画数の多さにも難渋した。そこで、少しの時間で書き留めるために漢字の一部を使用して済ませたのである。これは何も辰仁の考案ではなく、経文を読むとき漢字の下に補助的な文字を書き加えて読みやすくするため、小さな文字が必要となった。例えば、「天竺」の傍らに「仁天（にて）」と付け加えるとき「仁」を「ニ」と書き、「天」を「テ」と省略して「ニテ」と書くのである。「伊」は「イ」と書き、「呂」は「ロ」と書く。文字の姿は漢字から借りているので「かりな」「かな（仮名）」と呼ばれ「男手（おとこで）」ともいう。辰仁は木簡に書くときは専ら隷書体で書いていたのだが、花（はな）は漢時代の隷書の速書（はやがき）から生れた草書に興味を持っていた。別に時間がなくて速く書くのではなく、文字の形が面白いからというのである。筆も今までの鹿の毛のものより、辰仁が唐から持って帰った柔らかな兎の毛を大そう気に入り、その筆で紙に速く書くと、「以」は「い」、「呂」は「ろ」となるという。筆運びが琴を掻き鳴らしているときの気持ちと同じだというのである。辰仁は「男手」だけで倭の言葉が書けないものかと思案していたが、花の試みも面白いと見守った。花はそのうち刷毛（はけ）で字を書いて遊ぶようにもなり、時には山や滝などの風景も画いて楽しんでいた。辰仁は、これも女の手慰みと面白く思った。

辰仁は花から紙と筆を借りると『天我　天命　天常』と書いて見せた。花が「どのような意味なのでしょう」と訊（たず）ねると、辰仁は旻師からいただいた言葉で、「自我もない、名分もない、すべては無常」ということだと応えた。辰仁にはこのような会話をして妻と過ごせる日々が貴重に思えた。

（十一）壬申の乱

中臣内臣（なかとみのうちつおみ）さまが薨去された年の秋、天智八年（六六九）。熊津都護府の朝散大夫・郭務悰が兵二千の大軍を率いて筑紫に来ると、その半数が高安城に入った。この兵の数はただごとではない。唐は近江の朝廷に従わない地方の豪族たちの不穏な動きを察知し、これを索制する目的で軍勢を送り込んで来たのである。翌年（六七〇）、郭務悰の主導により戸籍台帳である『庚午年籍（こうごねんじゃく）』が作られた。そして、唐の律令にならった『近江令』の制定を迫ったが遅々として進まなかった。

主典（さかん＝文章作成係）・秦直文（はたのなおふみ）は、朝廷での務めに疲れると度々、辰仁の学塾を訪れ、気晴しに京の様子を長々と語って帰るのだった。

―　天智十年（六七一）、正月。唐より直使・李守真が近江朝を訪れました。対新羅戦に手を焼く唐が倭国へ軍事支援を要請してきたのですが、倭国にはそれに応える軍事力も、経済的な余裕もありません。近江朝廷は、唐の強力な指示の基に大友皇子を首班とする人事を発表しました。唐の倭国に対する羈縻支配を完全なものにするための方策です。大友皇子は太政大臣（おおきまつりごとのおおまえつきみ）となられ、左大臣に蘇我赤兄さま、右大臣に中臣内臣（鎌足）さまの従弟の中臣金（なかとみのくがね）さまがなられました。他の高位の官人には百済から来た遺民が充てられ、「橘（たちばな）は　己が枝々生（な）れども　玉に貫（ぬ）く時　同じ緒（お）に貫く」という童謡（わざうた）が流行（はや）っているのは、辰仁さまもご存知でしょう。これは近江の朝廷が大唐の緒に貫かれている様を揶揄したものです。直使・李守真は成果を得られないまま七月に帰国してしまいました。新羅はそれを見越したように熊津に駐留する唐軍への攻撃を開始しました。唐は半島に対する羈縻政策が順調に進んでいるかと思われていたその前年、吐蕃との戦いで敗北を喫していたのです。大唐と半島、そして倭国の間は、今、風雲急を告げています。

直文は更に続けてこう言った。

――大王（天智）はご自分の余命が長くはないことを悟られ、大海人皇子を宮に招かれて「朕（われ）の病はもう治らぬ。貴方（そなた）に後を託したい」と告げられました。これまでの大王との約束通り、大海人皇子の王子（草壁王子と大津王子）が成長するまで、大王になられる大友皇子の輔佐役として尽力してもらいたいとのお言葉でした。大友皇子は大海人皇子の娘・十市皇女（といちのひめみこ）を娶（めと）られている。また草壁王子も大津王子も大王（天智）の王女の子で、大王の孫ですから大海人皇子にも異存のない合意だった筈です。ところが驚いたことには、大海人皇子は持病を理由にこれを断わられ、「王位を大后（おおきさき＝倭姫王やまとのひめのおおきみ）に譲り、大友皇子にはもっと政（まつりごと）の実際を経験させるべきだ」と応えられたのです。そして、ご自身は出家して国家の安寧を祈りたいと願われたのです。大海人皇子は王位への野心が微塵もないことを明らかにされたのですが、一方で、大友皇子の王位継承も否定されたのです。大友皇子が地方豪族の女（むすめ）である伊賀妥女宅子娘（いがのうねめやかこのいらつめ）という卑母（ひぼ）を持つ皇子だから、大王位に就く資格はないなどと近従の者に言わせ、大唐の強い意向による譲位に反対されたのです。また、大海人皇子は大友皇子が大唐の要請に従って、「唐の対新羅の戦いに倭国の兵を派遣する準備をしている」と批難され、『百済の役』で懲りている地方の豪族を味方にしようと企てているのです。大友皇子は新羅との戦いを考えるような思慮のない方ではありません。大友皇子は唐と大海人皇子との板挟みに合って、日夜、呻吟（しんぎん）されているのです。

辰仁は、直文の憤慨した物言いにも驚いたが、お二人の関係が最早ここまで修復できない所に来ていることを知らされたのだった。そして、「内臣（鎌足）さまがご存命ならば」と思わずにはいられなかった。直文は

――辰仁さま、臣はどう処すればよいのでしょう。

と困惑の表情で聞いてきた。辰仁は自分に言い聞かせるように

――奴我（やつかれ）の師、旻法師はかつて「高き山に現れた巨岩が二つ転げ落ちれば、どちらかが火花を散し粉々になって消えていく」と言われた。政（まつりごと）というものは時の勢いでどちらが砕け散るか、奴我のような凡夫には想像も付かない。まして、貴方は官人なのだから落ち着く所に従うべきでしょう。

と応えた。直文は尚も話し続けた。

――大海人皇子が吉野宮を修業の地として京を去られた一カ月後、大友皇子は内裏西殿の織仏像のまえに五人の議政官を集め、誓約の儀式を行なわれました。五人は左大臣・蘇我赤兄臣さま、右大臣・中臣金（なかとみのくがね）さま、御史大夫・蘇我果安臣（そがのはたやすのおみ）さま、臣勢人臣（こせのひとのおみ）さま、紀大人臣（きのうしのおみ）さまです。大友皇子は手に香炉を持ち、「我ら六人は心を一つにして、大王のお言葉を守ります。もし、それに背くようなことがあれば、必ずや天罰を受けるであろう」と誓約をされました。この後、左大臣蘇我赤兄さまらも手に香炉を持って、「我ら五名は皇太子（ひつぎのみこ）を奉じ、大王の御命令に従い

ます。もし、違うことがあれば、四天王が我らを打ち懲らしめるでしょう。天神地祇もまた、我らを打ちすえることでありましょう。違約すれば、子孫は絶え、一族も必ず亡びるでしょう」と誓約されたのです。

これを聞いて、辰仁は、大王は余程、後（のち）の世のことが心配だったのだと心が痛んだ。

天智十年（六七一）、十二月三日。天智大王は大津宮で崩御された。享年四十六歳。大友皇子は二十三歳であった。太政大臣（おおきまつりごとのおおまえつきみ）・大友皇子は喪に服され、辰仁も急遽、大津宮に駆け付けた。

翌年三月。御霊（みたま）は広大な兆域（ちょういき）を有する山科陵（やましなのみささぎ）に祀られた。報を受けた熊津都護府の郭務悰は、再度倭国に来り、山科での殯の儀に参列し、大王の死によって唐との友好関係が断たれたことを察知すると、唐軍を筑紫に移し熊津に帰ってしまった。

辰仁がいつものように妻の花と談笑しているとき、珍しい来客があった。花が門に出て見ると農夫姿の小年が立っていた。吉野の轟の里から来たという。花は

――仁さまと余りに声音（こわね）が似ているのでびっくりしました。

と耳打ちした。土間に通すと

――里長の与富からの届け物を持って参りました。

と竹籠を差し出した。良い匂いがするので中を開けて見ると山女魚の薫魚（いぶりうお）が入っていた。辰仁は膝を乗り出して小年に話しかけた。

―お前の名前は。歳は幾つになる。

―よほう（与富）です。家を継ぐ者は父の名前を継ぎます。上が全部女だったから一番歳下の吾（わ）が継いだのです。今年、十歳になります。

―それにしても立派な山女魚だな。岩魚もいる。親父さんが一人で釣ったのかね。

―吾も少し釣りました。辰仁さまから頂いた大唐の釣鉤と糸を大切に使わせて頂いております。燻魚の作り方も父から教わりました。

―それにしても、どうして米作りに忙しいこんな時期に燻魚を作ったんだね。

―十日前（六月二十四日）、朝廷の大海人皇子さまの一行が急ぎ吉野宮を離れ、美濃国へ旅立たれたため用意していた魚の燻りが仕上がらず余ってしまったのです。その代わり、その日は里では夜も寝ず握り飯を作ることになりました。

―大海人皇子さまは吉野宮で何をされていたのかな。

―父の話では、毎日「通天台」に上がられて、天の神さまに祈っておられたそうです。そして、美濃国や尾張国、伊賀、河内などから度々使者が訪れ、その度に里長の父は吉野宮へ呼び出され、里人が食事の世話や掃除、洗濯に出向きました。中には大津宮の官人の使者や飛鳥の留守司が来られることもあると言っていました。里長はその都度、皇子さまから銀貨を賜るので、これで溜池を作り、種籾や鋤（すき）、鍬（くわ）が買えると喜んでいます。

―ところで、吉野宮には何人ぐらい居られたのかな。

―皇子さま、菟野皇女（うののひめみこ）さま、王子さまの草壁王子（くさかべのおうじ）と、忍壁王子（おさかべのおうじ）の他はいろんな国から派遣された舎人（とねり）の方々と女孺（めのわらわ）で、総勢七十人余りだそうです。特に美濃国の舎人が多いのは、そこに湯沐邑（ゆのむら）と呼ばれる大海人皇子さまの直轄領があるからだそうです。

二人の話を聞いていた花は与富（よほう）に餅菓子を勧めながら
―なんて利口なお子でしょう。

と感心した。辰仁は農閑期になれば又、轟へ行きたいと思い、与富に
―今度会うときは、一緒に釣りをしよう。

と約束をして里へ帰らせた。

辰仁は今日、与富から聞いた話を思い起こし、大海人皇子は母（斉明）も祈った聖地・吉野宮の「通天台」に上り、自分が正統な王位継承者であることを天の神が万民にお示しになることを祈られたのだとの思いを深くした。大海人皇子は吉野宮に入って半年間、政変の準備を進めてこられたのだった。大海皇子には、大友皇子が朝廷を主宰して前大王の殯（もがり）を行っているこの空位の期間以外に反旗をひるがえす期会はなかった。この不穏な動きを察知した大友皇子は大津宮に近い近江国、山背国、大和（やまと）、津の国、河内より徴兵を始め二万余の兵を結集

した。更に吉備、筑紫にも徴兵を要請し、東国の美濃国とそれに隣接する尾張国にも徴兵を命じた。

その頃、秦直文は朝廷の命を伝えるため飛鳥寺の西にある朝廷軍の軍営を訪れた。軍営は辰仁の学塾から一里もない聖地・「槻の木の広場」にあった。留守司の高坂王（たかさかのおおきみ）さまには募兵の強化を命じ、穂積臣百足（ほずみのおみももたり）さまには小懇田（おはりだ）の兵庫（ひょうご）にある武器を急ぎ大津宮に運ぶよう命じられた。役目を終えた直文は辰仁の学塾に立ち寄り、近江朝の意気軒昂ぶりをこう語った。

―　大海人皇子は僧形を装い世を欺き、大王（天智）の死を待って王権を奪取しようとする者です。大海人皇子を、「野に放った虎」という者がいるようですが、それは巨象と蟻ほどの違いです。大友皇子が詔（みことのり）されれば、倭国の津々浦々から兵を集めることが出来ます。既に畿内においては徴兵は完了しています。総勢数万の兵が近江の京（みやこ）に向かっています。何もご心配される事はありません。

大友皇子の性格そのままの明るく楽観的な言であった。しかし、古くから朝廷を支えた多くの軍事氏族、物部氏や大伴氏も『百済の役』で弱体化し、内部分裂を深めていたから、直文の言うような単純なものではない。辰仁の心は重かった。

それから間もなく起こった近江朝の大友軍と大海人軍の動静については詳（つまび）らかでは

ない。辰仁が直接見聞きしたのは、轟の与富から聞いた大海人皇子の吉野宮での様子と、学塾を訪れた秦直文が語った朝廷の様子、それに飛鳥寺近くの槻の木の軍営での出来事と、瀬田橋の決戦くらいである。『壬申の乱』と言はれる倭国始まって以来の内戦の顚末を少しばかり詳しく知り得たのは、ずっと後になって新しい朝廷・浄御原宮の図書寮を訪れた時であった。そこには舎人たちが書き残した多数の従軍日誌があったが、中でも大海人皇子の側近の調忌寸老人（つきのいみきおきな）の従軍日記は貴重であった。他に豪族たちが朝廷に提出した家記があり、辰仁は注意深くそれらに眼を通した。それはおよそ次のようなものだった。

六月二十五日。高市王子（たけちのおうじ）が近江大津宮から逃れて積殖（つげ）山口で父の大海人皇子と再会した後、鈴鹿山道を封鎖した。明くる二十六日。大津王子が伊勢の朝明評（あさけのこおり）で大海人皇子と合流。美濃の村国男依（むらくにのおより）が三千人の兵を引きつれ不破道を封鎖し、近江大津宮と東国との連絡を遮断すると、二十七日には尾張国の国司・小子部連鉏鉤（ちいさこべのむらじさいち）が近江朝廷の命により徴兵した二万の兵と共に大海人軍側に寝返った。この日、大海人皇子は軍事大権を長子の高市王子に委譲し、自らは関ヶ原の野上（のがみ）にあった尾張大隅の居宅を行宮（かりみや）とし、大海人軍の本拠とした。高市王子は、伊賀、伊勢、美濃の地方豪族を結集させることに成功し、中央政府軍に充分対抗できる軍事体制を整えた。この情報は二十八日中に近江の大津宮にも飛鳥の倭古京（やまとのふるきみやこ）にも伝わり激震が走った。この大海人軍の最大の功労者ともいうべき尾張国の国司・小子部連鉏鉤は、その後、大海人皇子より一度も将として信任されることなく、山に隠れて自裁するという哀れな末路をとげたことが、舎人の従軍日誌に書き留められていた。大海人皇子は途中で寝返った者を信用しなかったのだ。

二十九日。この日の事は辰仁が直接見聞したことである。朝、辰仁がいつものように散策していると、飛鳥寺の北の方角から数十騎の兵が突進して来て、「槻の木の本営」の前まで来ると、将と覚しき男が褌（たふさぎ）一つの姿で馬上から、「間もなく高市王子がお出ましである。兵の数は数万。兵の数は数万」と何度も大声で叫んだ。辰仁は咄嗟に物影に身をひそませて様子を見守っていると、本営の門が開き、中にいた留守司の高坂王（たかさかのおおきみ）と兵たちが現れ、一目散に逃げ散ってしまった（高坂王は、吉野にいた大海人皇子が駅鈴を求めたとき、これを拒絶した人物である）。そこへ香具山の百済の地に居宅を構えていた大伴吹負（おおとものふけい）が十数騎ばかりの軍勢で駆けつけた。すると本営から留守司の坂上直熊毛（さかのうえのあたいくまげ）が配下の兵と共に出てきて、吹負に恭順したのである。倭古京（やまとのふるきみやこ）の本営は僅かな兵による奇襲作戦で呆気なく制圧されてしまった。事の成行きを知らずに小墾田（おはりだ）に行っていた留守司の穂積臣百足（ほづみのおみももたり）が帰って来ると、吹負は馬上の百足を引きずり下して、その場で斬殺した。辰仁は熊毛も吹負も見知っていたが、まさかこの二人が大海人軍側に通じていたとは思いもしなかったのである。吹負の兄、大伴馬来田（おおとものまぐた）は大海人皇子の東入りのとき随従したが、弟の吹負は大和に在ってこの戦の雲行きを見ていたのだ。吹負は百足が小墾田の兵庫から運んで来た武器を奪うと、近江の大津宮に向けて進軍した。これに呼応する日和見の輩（やから）が続々出てきて、大和での戦が始まった。大友兄弟は、任那四県を百済に割譲し、「軟弱外交」との責めを負うて失脚した大友金村の孫である。辰仁には、氏族の再興を賭けた大伴兄弟の朝廷への反乱だと思えた。

七月一日。大伴吹負は一刻も早く大津宮を襲うべく乃楽山（ならやま）に向かったが、近江の軍と遭遇して飛鳥まで潰走（かいそう）して来た。更に高安城、斑鳩（いかるが）の竜田道からも大友軍が応戦して吹負軍は追い詰められた。吹負は美濃国からの援軍を受けて辛くも再起したが、大海人軍は大和盆地では苦戦を強いられた。吹負は大和方面の将軍に任命され大海人軍のために奮戦したが、この後一度も功臣として賜与に預かることはなかった。

辰仁の妻・香花の叔父で、祖父・多蒋敷の長男・多品治（おおのほむち）は美濃国安八万郡の大海人皇子の湯沐令（ゆのうながし=湯沐邑の役人）であったが、伊賀で近江軍を破り、武人としての名を上げた。

翌、七月二日。大友軍は軍勢を整えて不波の大海人軍を直接攻撃するために琵琶湖の東岸を北上していたが、犬上川のあたりで進撃がはたと止ってしまった。大友軍を率いる将軍の一人・来目臣塩籠（くめのおみしおかご）が大海人軍側に内応していたのが発覚したのである。将軍で御史大夫の蘇我果安は責任を取って自殺してしまった。これでこの戦の流れは一気に大海人軍に傾向いた。七月七日。美濃の村国男依の率いる大海人軍が息長横河（醒ケ井）で大友軍を破ったのを手始めに、九日は鳥籠山（とこのやま）、十三日は安河（野洲川）、十七日は栗太（くるもと）と次々に打ち破り快進撃を続けた。

辰仁が読んだ「家記」や「従軍日誌」は戦での論功行賞を求めて差し出されたものだから割引いて読まねばならないが、辰仁は大海人軍の周到な戦いぶりに驚くばかりだった。

義祖父・多臣蒋敷（おおのおみこもしき）の危篤の知らせを受け、辰仁は馬を駆って妻の待つ瀬田の舘を訪れた。道中には多くの兵が死体となって横たわり、家が焼かれ、酸鼻を極めていた。しかし、舘の中は外の殺伐とした光景から隔離されたように静かであった。祖父を見守りながら家敷の側を流れる瀬田川に眼をやると、兵の死体が真赤な血と共に幾つも流れていくのが見えた。叔父の多品治（おおのほむち）は戦の火中にあって、父親の死を知る由もなかった。人の死は様々である。辰仁は義母・美姫と妻・花の三人で祖父の冥土への安らかな旅立ちを看取った。

十月二十二日。辰仁は意を決して館から瀬田橋に向けて小舟を出した。祖父が浜の離宮へ琵琶湖を渡って行くときの舟であったが、橋が少し見える所まで舟を出すと船頭が

――ここから下（しも）へは行けません。東岸は大海人軍、大将は村国男依さま。西岸は大友軍、大将は智尊さま、左大臣の蘇我赤兄さま、右大臣の中臣金（なかとみのくがね）さまです。いつ戦が再開されるか知れません。昨日からあの橋を渡る者は一人もいません。

と言う。大海人軍は大津宮の北の三尾城（みおのき）を落し、南からは飛鳥（倭古京）を制して山崎（やまざき）に結集し、この瀬田橋が最後の決戦の場となったのである。辰仁が眼をこらして周囲を注意深く観察していると、やがて橋の上に金色に輝く輿（こし）が担（かつ）がれて来た。屋根には鳳凰が揺れていた。大王の輿である。暫くして西岸から唸るような鬨（とき）の声が上った。大王の威信を知らしめる声であろうか。そして、打ち鳴らされる鉦（かね）や鼓（つづみ）の音が響き渡った。しかし、次の瞬間、東岸から大量の火矢が放たれ、たちまち金色の輿は火を吹いて燃え上った。これを合図に大海人軍の兵たちは怯（ひる）むことなく、雨のように降り注ぐ矢の中を西岸に向かって一気に橋を攻め渡った。辰仁は呆然とその光景を見ていたが、心の中で「事は決した」と呟くと、危険を察知して舟を舘へ取って帰した。瀬田橋を渡った大海人軍は敵将・智尊を斬殺すると、その日のうちに大津宮を攻め落し、翌日、将・犬養五十君（いぬかいのいきみ）を処刑した。

明くる二十三日。逃げ場を失ってしまった大友皇子は、大津宮近くの山前の崇福寺（すうふくじ）で自経（じけい）され、皇子の首は樽に塩漬けにされて、高市王子が不破の行宮に持参し、大海人皇子の実検に供したという真（まこと）しやかな噂が大海人軍の兵によって流された。しかし、倭国にそのような前例はない。辰仁は、高市王子がそこまで酷（むご）い仕打ちをされるはずはないと自分に言い聞かせながら、まだ死体の散乱している街道に馬を走らせた。崇福寺は天智大王が建立され、中臣内臣さまが落馬されたとき担ぎ込んだ寺であるが、既に左右大臣と群臣（まえつきみ）たちは散り散りに逃げ去っていた。寺僧に案内されて本堂に上ると二つの棺（ひつき）が寂しく安置されていた。大友皇子と、最後まで護衛し、身の回りの世話をしていた秦直文であった。寺僧によれば皇子は、高貴な人にのみ認められる作法に則（のっと）った自経（＝首吊り自殺）をされ、直文は皇子を見送った後、刃で胸を刺して果てたという。無惨なり。大友皇子と直文は共に享年二十四歳の若さであった。辰仁は一人棺の前に額突（ぬかず）き、一心に仏に祈り続けた。辰仁は、意を決して僧を促し、寺の裏山に仮埋葬をした。この後、どのような咎（とがめ）があろうとも、甘んじて受ける覚悟は出来ていた。

僧によれば、この二人の最期を看取ったのは物部連麻呂であったが、後に、天武天皇はその忠誠心を評価されて罪を許され、名を石上朝臣麻呂と改めさせて左大臣に取り立てられた。老獪な天皇は、旧族の物部氏を新しい政（まつりごと）に取り込まれたのである。

この数カ月の間に何と多くの人が死地に向かい、帰らぬ人となってしまったことか。その数、数万人。敵、身方、武人、文人を問わずなんと多くの人材がこの倭国から消えてしまったことか。未曽有の大戦によって大地も人の心も荒れ果ててしまった。

大海人皇子は一カ月をかけて近江朝廷遺臣の捜索と処断、功臣への褒賞などの戦後処理を済ませると、不破野上の行宮（かりみや）を発ち、九月十五日、後（のちの）飛鳥岡本宮に入りここを本居と定められた。この日をもって倭古京（やまとのふるきみやこ）は倭京（わきょう）と呼ばれた。大友軍で戦犯として処刑されたのは右大臣・中臣金（なかとみのくがね）さまだけであった。左大臣・蘇我赤兄さまは子孫ともども流罪となった。生き残った重臣たちが極刑を免れたのには、これからの新しい朝廷の運営についての深い配慮があってのことだと思われた。大海人皇子は岡本宮の隣接地に大極殿を建て、その東西に脇殿を設け当面の政務に当たられた。この年の冬には宮域を拡大して、『飛鳥浄御原宮（あすかきよみはらのみや）』と命名された。『壬申の乱』で軍事大権を委譲され、諸豪族を直接指揮して大勝利に導いたのは高市王子であったから、皇子となられる高市王子の地位と権勢は弥（いや）が上にも増し、大王に等しいものであったが、新しく即位される大王はこの高市王子の地位と力を凌駕し超越したものでなければならなかった。そこで、従来の大王に代わる称号が大海人皇子の即位までに決められる必要があった。

天武元年（六七三）、正月。辰仁は朝廷への出司を命じられた。君主号の改変に関する諮問への出席要請である。辰仁は音辞博士の称号を返上し、私塾で後進の者に文字の読み書きを教えて静かに暮らそうと考えていたのだが、強く促（うなが）されて新しく出来た浄御原宮へ行くと、そこには学職頭（がくしきとう＝大学寮の長官）、図書頭（ずしょとう＝図書寮の長官）らが待ち受けていた。驚いたことに、学職頭は境部連石積（さかいべのむらじいわずみ）であった。

先ず石積が新しい君主号の必要性を長々と述べ、従来の大王号の権威を増すために、大を天に、王を文字の画数を足して皇とし「天皇（てんおう）」としてはどうかと言った。図書頭は、道教の最高神である天皇大帝（てんこうたいてい）に基づいて「天皇（てんこう）」又は「大帝」としてはどうかと言う。辰仁は、どうしても変える必要があるなら「大君（おおきみ）」としてはどうかと提案したが、たちどころに、大王の前の古い号であると退けられた。それならば「皇帝」ではどうかと言うと、易姓革命を認める中国の思想だと却下された。他の出席者から「聖帝」又は「清帝」は如何かという提案があった。これは先の戦で大海人皇子が死や流血に満ちた戦場に一切その身をさらすことなく、一点の穢（けが）れもなく王位を継承された「清浄なお方」だからというのだった。学職頭の取りまとめにより新しい大王号は「天皇」とされ、「すめらみこと」と読むことになった。「すめら」とは「清浄な」という意味であり、「みこと」は神や天帝の発する「ことば」を指したが、後にそのような尊いことばを発する主体を意味するようになり、「すめらみこと」は「この世で最も穢（けが）れのない御方」と意味づけられたのだった。そして、一点の穢れもない天皇の代が継がれるよう「五色の賤（せん）」という身分制度が創設された。これは世の底辺に国中の穢れが付着した賤身分を置くことによって、天皇の清浄性を保証するものであった。

天武元年（六七三）、二月。大海人皇子は『天武天皇（てんむすめらみこと）』となられた。そして、菟野皇女（うののひめみこ）は皇后となられた。天武天皇は今度の戦により荒れ果てた世を立て直すべく強権を発揮され、太政大臣や左右大臣を置かず皇族だけで政（まつりごと）を行う独裁体制を布かれた。豪族は先の内戦で二つの陣営に分裂した者も少くなく、皆疲弊しきっていた。天皇は矢継ぎ早に新冠位制や位階昇進制度を定め、これらの豪族を官人とし、皇族も官僚組織に取り込んで皇親政治が行われた。皮肉なことに孝徳大王も、天智大王も求めた中央集権の政治を天武天皇は、『百済の役（えだち）』と『壬申の乱』という未曾有（みぞう）の大戦の果てに確立したのだった。これまで王権を確立するために幾万の民の命を犠牲にしてきたことか。辰仁は暗澹とした思いに沈んだ。

（十二）利他業　―この者たちをどう生かす―

辰仁は兄・道昭の禅院を訪ねた。山門を一歩中に入るとその異様な雰囲気に圧倒されそうになった。塀の内側には雨露を凌ぐ草屋根の小屋が並び、その中に破れ衣（ぎぬ）を着た多くの人が蹲（うずくま）り横たわっていた。庭の真ん中には、櫓（やぐら）が組まれ、男たちがこれを取り囲んでいた。井戸を掘っているのだった。辰仁の驚いた様子を見て、道昭は

―今、ここに居るのは内乱で逃げて来た者たちだ。舎人や奴婢もいれば、税を逃れて京にたどり着いた百姓もいる。中には盗賊だった者もいる。皆飛鳥寺の境内には入れなかった者たちだ。戦乱による治水の崩壊の上に気候の変動が重なり、天武五年から六年（六七七）にかけて幾内を飢饉が襲った。「この者たちをどう生かすか」、御仏は奴我（やつかれ）に訊ねておられる。仏は奴我の心の中に在（あ）り、そして、この者たちの心の中に在る。

こう言うと暫し瞑目した。道昭が唐で学んだ仏教は人の心のあり様を腑分けし、言葉に置き変えていく唯識の学問であった。そうして突き止めた人の心を『善』として信じる宗教であった。

―辰仁よ。お前ならこの者たちをどう生かす。人は水を飲めば厠（かわや）が必要になる。使った水を流すと下水路が必要になる。溝が埋れば掘って大川に流さねばならない。大川に水を流せば渡る橋が必要になる。事は禅院の中だけに納まらない。

道昭は辰仁の手を取って

―人は、「食うて、糞して、寝て、起きて、さてその先は死ぬばかり」と言うが、これを全うするのが至難なのだ。辰仁よ、力を貸してくれ。

と言った。

辰仁はまず身近な所から手を付けることにした。厠（かわや）の改善である。人が多くなると不衛生になり伝染病の発生する危険性が増す。まず、裏山より水を引き用便後に手を洗わせた。どんどん溜まる糞尿は近在の百姓に無償で与え、代わりに尻を拭（ぬぐ）う藁（わら）を持って来させた。禅院の仕事ぶりを聞いた近在の住人からも井戸掘りや水路の造成を頼まれ、難民たちにも働く意欲が出てきた。すると、禅院に寄せられる米や野菜の布施も増え、人の顔にも活気が満ちてきた。道昭の徳を慕って地方から若い僧が続々と集まり、道昭はこの僧たちに利他行（＝自分を犠牲にして他人の利益を図る行為）を説いた。後にその名を知られる行基もこうした僧の一人であった。道昭の名前は京中に知れ渡り、「大徳」の名で呼ばれるようになり、飛鳥川や佐保川の浚渫（しゅんせつ）から架橋まで引き受けることになった。辰仁は土木技術に秀でた東漢氏（やまとのあやうじ）や薄葬令で仕事を失った石工（いしく）たちを集めた。そして自分は作業小屋に寝泊まりし、諸々の収支を帳簿に記帳し、施工の行程表を作成して、必要な木材や工具を調達した。仕事はどんどん増えて、『壬申の乱』のときに近江朝軍が飛鳥京との交通を庶断するために壊した宇治橋の改修にも着手した。これは地元の民の要請に応えるものではあったが、道昭には多くの人々を社会事業に参加させることで仏縁に与（あずか）らしめる「作善（さぜん）」を目的とする宗教活動であった。次に請われて瀬田橋の改修の準備を始めた。この橋は近江大津宮に遷都の時に郭務悰将軍が引きつれて来た唐の技工により架橋されたもので、世人はこの橋を、『唐橋（からはし）』と呼んだ。そして、巷間、「唐橋を制する者は天下を制する」と言われた。その唐橋に着手しようとした時、朝廷より使者が禅院を訪れた。

道昭と辰仁は民部省の役人・粟田真人（あわたのまひと）を禅院の堂に迎え入れた。道昭が「大徳さま」と敬仰され、飛鳥寺の一子院にすぎないこの禅院が、朝廷から一目置かれていたのは、天武天皇の推進する写経事業に道昭が持ち帰った玄奘師請来の経典、『新訳天竺経』が不可欠だったからでもある。粟田真人は道昭を見ると

―大徳さま。永らくのご不沙汰でございます。

と深々と頭を垂れた。道昭は

―道観どの、ご立派になられた。

と真人の手を取って再会を喜んだ。真人は僧名を道観と言い、中臣内臣の嫡男・定慧の侍史として道昭と共に唐に渡った人物である。辰仁も熊津で定慧に会ったとき道観を紹介された記憶がある。年少の定慧を補佐すべく、内臣さまが付けられた侍史で、田辺史大隅（たなべのふひとおおすみ）の身内の者で、定慧より三歳ばかり年上であった。道観は帰朝後、還俗（げんぞく）して粟田真人と名乗り官人となったのだった。真人は辰仁に

―　音辞博士が翻訳された唐の法典『永徽律疏（えいきりつそ）』は今、私の仕事に大変重要な書物です。内臣さまの次男・藤原史（ふじわらのふひと）さまは、父上・鎌足さまと兄上・定慧さまをよくご存知の辰仁さまに一度御目にかかりたいとよく申されています。

と話した。辰仁は、内臣が次男の養育を配下の田辺史大隅（たなべのふひとおおすみ）に託されたことは知っていたが、藤原史その人のことはよくは知らなかった。真人は、そんな辰仁に

―　臣も史（ふひと）さまも、共に田辺史さまから律令について教授を受けましたが、史（ふひと）さまの聡明さには誰もが感心してしまいます。「中臣鎌足さまの生れ変りだ」と言う方が在られるくらいです。

と言い、呼び名の史（ふひと）は養父の姓（かばね）史（ふひと）から付けられたと言葉を加えた。辰仁は真人（まひと）という粟田の名前が気になって質問すると

―　臣が還俗するとき、亡くなられた定慧さまの志を継ぐべく俗名・真人を戴きました。そして、定慧さまに引き続き、史（ふひと）さまが成人されるまで侍史を務めさせていただきました。

と応えた。暫し歓談した後、道昭が
―　所で、今日、ご来駕頂いた趣きは。
と話を向けると、粟田真人は急に居を正して
―　今日は、朝廷よりこの禅院に百戸が下賜されることを伝えに来ました。天皇（すめらみこと）は、道昭師の「経世済民」の行いに深く感心されたのです。天皇は仏教による国家安泰を強く願っておられます。近く、飛鳥寺に千五百戸が永年封戸として施入され、飛鳥寺は正式に官寺となります。天皇は鎮護国家にはたす仏教の役割を深くご理解され、国の寺に思いを致されたのです。
と言った。そして話を変え
―　臣共の耳にも瀬田橋の改修の話が聞えてきましたが、この事業からは手をお引き戴きたいと思います。この度の戦の時、大友軍によって橋板（はしいた）がめくり取られ、万民が難渋しているのは朝廷も承知しております。それ故、この橋は朝廷によって改修されることになりました。瀬田橋は近江の国司に改修・管理させ、宇治橋は山背の国司に管理させることとなりました。
と一気に語り、「異存は在りませぬな」とばかりに道昭の顔を見た。道昭は恭（うやうや）しく頭を下げ
―　拙僧は人が平安な心で生を全う出来ることを願うばかりで、政（まつりごと）によって民の暮しが豊かになることこそ喜ばしいことです。これからは念仏三昧に入りたいと思います。
と応えた。辰仁は

――治水は国の基本です。朝廷が民の救済事業として橋を造り、道を整えられれば国は豊かになりましょう。大変喜ばしいことです。

と、和した。粟田真人は目的を果たして気持ちが軽くなったのか

――この頃、僧綱（そうごう＝国による仏教統制）の典（のり）を守らず濫（みだ）りに私度僧（しどそう）と成って、容易（たやす）く家を離れ、邪説を誦えて村邑（そんゆう）に寄宿する者が輩出しているのは由々（ゆゆ）しき事で、朝廷でも、『僧尼令』の制定が論議されています。その時には道昭さまのご協力を仰ぎたいと存じます。

と述べて帰って行った。禅堂に二人なると、辰仁は兄の道昭に

――鎮護国家とは、国家安泰のために仏教を道具として利用することですね。

と、ぽつりと言った。道昭は

――辰仁よ。釈迦如来の言葉に、「世間虚仮唯仏是真（せけんこけゆいぶつぜしん）」という教えがある。「世の中のことは仮のもので仏の教えのみ真実」というのである。仏に導かれて自己の悟りに到達しようとすると、現世の身分や階級を否定することになる。時に、仏の教えは危険な思想なのだよ。

と喝破（かっぱ）した。

道昭は諸国より招かれ、約十年に渡って天下周遊の旅に出た。辰仁は飛鳥の私塾に戻った。天武九年（六八〇）、四月。道昭五十一歳、辰仁四十五歳であった。

（十三）螺鈿の書刀

天武十年（六八一）。辰仁は天武天皇に浄御原宮殿へ召し出された。飛鳥浄御原宮は後飛鳥岡本宮の内郭と外郭を受け継ぎ、新たに東南部を付加した王宮であるが、特に優雅な場所は内郭北西の苑池・白錦後苑（しらにしきのみその）であった。「白錦」は西の守護神の白虎を意味し、「後苑」は宮背後の苑である。突然のお呼び出しに騒ぐ心を押えながら参内すると、この後苑に案内された。池には蓮の花が浮び、その周囲は果樹園であった。暫くすると園池司を供なって天皇（すめらみこと）が現れた。

―辰仁どの、よく来られた。最後に会ったはいつの日か忘れる程月日が経ってしまった。

と過ぎし日を懐かしむように言われると、辰仁に座布を勧められた。

―山科で馬駆けした頃が懐かしく思い出される。藤原内臣（鎌足）どのがおられれば、又、違った代（よ）になっていたかも知れない。辰仁どのは大友皇子の侍講を務められた身であるから、皇子の死は胸中複雑なものがあるだろうと察する。朕（われ）は、若さ故、奸臣どもに引きずられ道を誤った皇子を憐れとは思うが、政（まつりごと）は一時も休むことが許されない。朕（われ）は天智大王の御心を継いで、強い倭国を創らねばならぬ。その為には二度と倭の海に兵を出してはならぬ。又、倭国に二度と内乱を起こしてはならない。

辰仁は天皇（すめらみこと）が『百済の役（えだち）』の失敗や、この度の内乱に深く心を痛めておられるのがよく分かった。

―臣（やつかれ）は草庵で学塾を開く隠者のような者ですから、政（まつりごと）には不案内です。正直に胸の内を申し上げますと、大友皇子の死は無念でなりません。遠くさかのぼれば、蘇我入鹿さまの死も、そのように思い起こされるのです。しかし、巷で、「大王は　神にしませば　水鳥の　すだく水沼を皇都（みやこ）と成しつ」という謡歌（わざうた）が歌われています。湖沼（こしょう）の干拓事業に腐心され、米の増産を計られていることを民は喜び歌っているのでしょう。

―朕（われ）も幾度か苦難の道を通り抜けてきた。其方（そなた）にだけしか語れないが、今になって天智大王は朕よりももっと遠くの行く末を見ておられたように思うことがある。未だ民の生計（くらし）は苦しい。それ故、難民求済のための事業を急いでいるが、近年の干魃（かんばっ）と戦による民の疲弊は深刻で、治水や幹線道路の整備も思うようには進んでいない。此度

（こたび）、人心を一新する為、新しい都の建設を詔（みことのり）したがこれも遅々として進まない。このままでは、世は乱れ、天皇の威信は地に落ちてしまう。そこで、世の乱れを正すべく、新しい律令の編纂を立太子となった草壁皇子に命じたところだ。

——臣の乏しい見聞でも土地を離れ都へ流れ来る民は後を断ちません。民は食える所へ移動するものです。いくら律令を厳密に定めても課役を逃れようとする者を押し留めることは出来ません。

——朕（われ）も、民に腹いっぱい食べさせることが、政にとって最優先の課題であることは承知している。笞（ち＝杖で臀部を打つ刑）や徒（ず＝懲役刑）で世が治まるとは思っていない。しかし、浮浪・逃亡は酷（きび）しく取締らねばならない。農民に食えるだけの土地を与え、税が滞（とどこお）りなく徴収できるよう急ぎ法を整備しなければならぬのだ。朕が、新しい都城の建設を進めるのは、新しい世の招来を天下に知らしめるためである。天皇が代わるごとに宮が移動し、宮都が定まらないようでは、国の平安は得られない。又、他国から諸蕃の扱いを受けることになる。倭国が、律令という法による支配の確立した文明国であることを示さねばならない。『百済の役』の屈辱は二度と受けることがあってはならなのだ。

——その為には大唐に引けを取らない条坊制の都と、唐風の大極殿や朝堂が必要なのですね。

——その通り。礎石建ちの瓦葺建物に、朱塗りの柱、白壁、緑の連子窓の宮殿を仰ぎ見るとき、民にはっきりと新しい律令国家の姿が見えるのだ。

——しかし、それでどうして民の暮らしが豊かになるのでしょうか。

―朕は、新しい都に移り住む民の税を免除し、銭（富本銭）を発行して地方と中央の交易を盛んにすることによって、国を富まそうと思う。銭貨の発行は国づくりの象徴であり、国家の独立性と、倭国の先進性を世界に誇示することができると考える。

―天皇の富国・富民へのお考えを承り感激いたしました。しかし、いつの時代も天変地異、大飢饉、疫病の蔓延は国の大乱の引き金になるものです。天皇の強権で国の安泰と民の平安を図られるのは、並大抵のご苦労ではないと察し申し上げます。

―それを行うのが政なのだ。

天皇（すめらみこと）はここまで話すと一息つぎ、辰仁に茶と菓子を勧められた。

―所で、今日、辰仁、貴方（そなた）を呼んだのは他の者には話せない重要な頼みがあってのことだ。船史（ふねのふひと）は氏祖・王辰爾（おうしんに）の代より大王に司えた史人（ふみひと）の名門である。貴方の父・恵尺どのは蘇我蝦夷（そがのえみし）に請われ、『大王記』や『國記』、『公民記』の編纂事業に尽力された。真に国の歴史を修（おさめ）ることは統治の為の法令を作る以上に重要な事業である。朕（われ）は、全ての民が国の成り立ちを正しく理解してこそ国を統（すべ）る天皇（すめらみこと）の威光が行き渡り、千年の末まで平穏な世が続くものと考える。その為に「史局」を設けようと思う。この修史事業を担えるのは、幼少の頃より万巻（ばんかん）の書を紐解き、当代随一の碩学と聞える船史辰仁、貴方しかいない。是非引き受けて貰いたい。

辰仁は天皇からの思いも寄らない言葉懸けに驚いたが、心を静めて日頃の思いを述べた。

— 臣(やつかれ)は音辞の面白さにつられて古き時代の書物を読みあさってきました。『公民記』、『家牒(かちょう)』、『先代旧辞』など様々な氏族の記録が飛鳥寺の書庫にも眠っています。古き時代は天の神との系譜を語り、近き時代は力のある氏族との主従関係を同族として語るのが常です。天の神を畏怖し、尊ぶ気持は万国に通じるものですが、中国には神仙の思想が有り、倭国では自然界の万物に神を認め、高句麗には天上神が地上に降臨して人となり世を治めるという現人神(あらひとがみ)の神話が語られています。各地の伝承や歌謡、物語の類が旧辞の世界を豊かにしています。今、これらの中から天皇の耳に心地よい善言を撰集して、新しい神話を創り上げるのは、一学生にすぎない私の様な凡人には到底出来ません、修史は国の一大事業ですが、多くの旧辞は其々、書かれた時代や人の願いが込められています。そのままの姿で千年の後の世まで伝わるよう保存される事を願っています。天皇は、これらの物語を一つにまとめ、ご自身が神になろうとお思いなのでしょうか。壮大な神語は民を統(すべる)うえで計り知れない力を発揮するでしょう。しかし、臣は藤原内臣さまが、「大王が神になり代わろうと思われることすら、神を畏れぬ恐ろしい仕業」とお話になったのを昨日のことのように覚えております。

— 否(いや)、朕(われ)が神になりたいのではない。今、修史事業を急ぐのは、これから千年、天皇が治める世を全ての民が崇(あが)め、戦のない政(まつりごと)が行われる道しるべとなる修史が必要だと思うのだ。

―臣（やつかれ）が身分も辨（わきま）えず申し上げますことをお許し下さい。皇親政治は、『壬申の乱』を治められた天皇（すめらみこと）なればこそ平安をもたらしましたが、後の世になれば世を治める皇親の中で争いの種になるのではないかと危惧致します。都の政が乱れれば地方に力を持つ豪族が武力で台頭してきます。今、天皇（すめらみこと）が正しい道筋をお示しになるべきかと存じます。

―朕（われ）は、永い倭国の歴史を紐解く中から自ずと道が指し示されると思うのだ。

―古来、中国では歴史書は『宋書』・『隋書』・『漢書』と書かれるように、『倭国書』も書かれるべきでしょう。臣（やつかれ）がお役に立てるとすれば、千枚以上書き貯めた『字書木簡』を「史局」にお届けすることぐらいです。天皇もご承知のように、我国にもたらされた漢字音には「百済音」「呉音」「長安音」が入り交り難解です。これらの木簡は必ずや旧辞を読み解く手助けとなる筈です。又、律令や歴史書の編纂には文字の統一と音義の確定が必要となります。今、臣が進めております『新字（にいな）』の完成にも鋭意努力を傾けたいと思います。

辰仁の話を注意深く聴いておられた天皇は
―船史辰仁、やはり貴方は只の隠士ではなかった。

と大いに満足された。その後、辰仁は『字書木簡』千五百枚と『新字』四十四巻を史局に提出すると、自ら図書寮の席を離れることを申し出た。しかし、天皇は、政（まつりごと）に迷いが生じたときはいつでも話し相手になって欲しいと言って、螺鈿のほどこされた美しい書刀一口（いっこう）を下賜され、辰仁が朝廷から離れることを許されなかった。

（十四）千客万来

天智十年（六七一）。唐と新羅は本格的な戦闘に入った。数年にわたる激しい戦闘の後、天武十五年（六七六）。唐は高句麗滅亡後に設置した安東都護府を遼東に後退させ、ここに新羅による朝鮮半島の統一が実現した。熊津都督・扶余隆は新羅軍に追い立てられて百済を捨て、遼東を経て長安に帰ったが、その名が二度と世に知られることはなかった。

この事を聞いた辰仁は、白村江の敗戦の後、熊津都督に招かれた日のことを思い出し、百済王子・扶余隆の無念を思った。

倭国にやっと平時が訪れた天武十三年（六八四）の年の暮。草壁皇子と大津皇子、それに藤原不比等の三人が粟田真人を伴って辰仁の学塾を訪ねて来た。辰仁は、これからの世を担う青年たちの訪問に悦びを隠せなかった。

―天皇（すめらみこと）より、「一度、船史辰仁に会って見るがよい」とのお言葉がありましたので、粟田真人どのに案内してもらいお伺いしました藤原不比等です。ご存知のように臣は天皇より皇太子・草壁皇子の元で新しい律令の編纂を命じられ日夜頭をかかえています。唐の律令に詳しい辰仁さまにご助言が戴ければ嬉しいのですが。

と不比等が挨拶すると、粟田真人が

―臣（やつかれ）は、今度、草壁皇子さまの推挙で「史局」に移り採史の官を統（すべ）ることになりました。旧辞に詳しい辰仁さまにご教示を願いたいと存じます。

と神妙な顔をして頭を下げた。大津皇子は

―我（われ）は、一昨年より朝政参画を命じられ多忙な日々を過ごしているので、今日は馬駆けと詩歌の話でも伺えればと付いて来ました。

と屈託がなかった。そこで先ずは妻の香花の用意した酒と酒菜で寛（くつろ）ぐことにした。

―奴我（やつかれ）、辰仁は隠士なれば皆様のご期待に応えることは何一つ出来ません。しかし、酒に酔い潰れる前に一言申し上げたい。律令について言えば、令（行政法）は合議制で大王を決めてきた永い歴史がありますから新しい統治機構を大唐の法のみを持ってこれを定めることは出来ないでしょう。官位令、職員令、田令、禄令、軍法令、公式令、賦役令、学令、選叙令、軍防令、神祇令、僧尼令、等々の細目は時の流れに合わせて修正を加えなければなりません。律（刑法）は緩（ゆる）やかなのがこの国に合っておりましょう。更に申せば、同性婚や獣姦の禁止など倭国になじまぬ条項は削られるのがよいかと存じます。

—我は、新しい律令編纂の名誉総裁に任命されているのですが、今の辰仁どのの話は大変面白い。今、朝廷で律令の知識に於て右に出る者はいないと言われる不比等どのにも大いに参考にしてもらいたい。

と草壁皇子が言う。

—今日は、父・鎌足と兄・定慧の二人を良く知っておられる辰仁さまにお目に懸かれ大変嬉しく思っています。兄が大唐で収集し、辰仁さまが翻訳された法典は、我が国の法制確立に無くてはならないものです。又、兄の集めた書物の中で、今から四〇〇年以上も前に魏の歴史家・陳寿が著した『三国史』は、臣の座右の書です。

と不比等は初対面の辰仁に親しみを込めて話した。辰仁は

—『三国史』のどこがそんなに気に入られたのですかな。

と聞いてみた。不比等は

—儒教を否定した魏の曹操に大変興味を持ちました。「徳」や「忠義」では乱世を治めること

は出来ません。政（まっりごと）の基本は律令の整備にあり、と教えてくれました。臣も曹操が青年の頃、漢の洛陽で裁判官として世の乱れを糾（ただ）したように法律家になろうと決心したのです。

と目を輝かせて語った。辰仁は、不比等を少し試してみたくなった。

― 君舟也　民水也　水能載舟　亦能覆舟

（君は舟なり　民は水なり　水よく舟を載（のせ）るも　亦（また）舟を能（よ）く覆（くつがえ）す

という古い詩をご存知だろうか。

と問うと、不比等は即座に答えた。

― 中国は戦国時代の思想家・荀子（じゅんし）の詩です。彼は性悪説を唱え、民は気に入らぬ君主にはたえず反乱を起こすものだと言っています。荀子は儒学を倫理学から政治学へ発展させた偉人だと思います。『史記』にも、「王者以民爲天、而民人以食爲天（王者は民をもって天となす、また民は食をもって天となす）」とありますが、天変地異の度に民が反乱を起こすような国にならないように新しい政（まつりごと）の仕組みが必要なのだと理解しています。

― 奴我（やつかれ）は、不比等どの、貴方が開明的な官吏で在られるのを大変嬉しく思います。鎌足さまも、定慧さまもあの世から見守っていて下さることでしょう。奴我は、まだ十歳くらいの時に、お父上の鎌足さまが、「大王（おおきみ）が神になり代わろうと思われることすら神を畏れぬ怖しい仕業です」と蘇我入鹿さまと中大兄皇子に話されているのを、飛鳥寺の書庫の中で聞いたのを今も覚えています。
と辰仁が懐かしそうに話し出すと
― 父・鎌足が中国の天命思想と倭国の王統思想の統合に腐心してこられたのを多くの人から聞きました。辰仁さまがお聞きになりたいのは、皇后さまの『現御神（あきつみかみ）』のお考えについてだと思いますが、今上天皇が自ら神であることを詔（みことのり）されたことはないと思います。しかし、天皇（すめらみこと）が神として崇められ、皇権の争いのない世になるのであれば、臣は喜ばしいことだと思っています。天皇（すめらみこと）は神として世の平安を願われ、政（まつりごと）は全ての諸王、諸臣が一つの律令の制度の中にあって天皇（すめらみこと）を補政する体制こそ望ましい姿ではないでしょうか。
不比等は言葉に力を込めて若者らしく自分の信念を語った。不比等より若い大津皇子と草壁皇子は興味深く二人の話を聴いていたが、大津皇子が
― 近頃、天皇は体調が優れず、ご自分が詔（みことのり）された新城（にいき）への遷都も、新律令も、新史書もどれも完成の目処さえ立たないことを彼是（あれこれ）と思い脳まれることが多い様子です。我は、「後は草壁皇子が控えておられ、百戦練磨の高市皇子（たけちのみこ）が宰相として官僚を統率されているのですから何のご心配も有りません」と申し上げているのですが、天皇のご心労を知らぬ者ばかりになっていくのがお寂しいのでしょう。半島も治（おさ

ま）って倭国に外海から何の不安もなくなった今こそ、充分な時間をかけて天皇の思い描かれる千年泰平の世を準備できるのです。

と政（まつりごと）とは距離を置いた様子で話されるのだった。一方、草壁皇子は物静かで誰の話にも軽く相槌を打ち自分の意見を控える人のようであったが

―　戦が大王をつくる時代は過ぎたのですから、世の安定のためには天皇（すめらみこと）が神であれ、象徴的な存在であれ、政（まつりごと）から離れた所にいつも君臨されているのはよいことだと思います。

と話されると、不比等は

―　政（まつりごと）には誤りが付いて廻りますが、その度に革命が起きていては、民は安心して暮らしていけません。

と言葉を付け加えた。

―　しかし、政（まつりごと）の誤りの責任を取る者がいない世の中になるかも知れませんね。

と辰仁が一同を笑わせ

―　さあ、堅苦しい話はこのくらいにして、今日の出会いを楽しみましょう。奴我は皆さまと同じくらいの歳に天智大王や天武天皇と、その頃は中大兄皇子と大海人皇子とお呼びしていましたが、酒を酌み交しながら女装歌を歌い合って大いに楽しんだものです。

と話すと、大津皇子が即興で

―　あしひきの　山のしづくに妹（いも）待つと
　われ立ち濡れぬ　山のしづくに
と歌われた。今度は、草壁皇子が
―　吾（わ）を待つと　君が濡れけむあしひきの
　しずくに成（な）らましものを
と女郎（いらつめ）になって色っぽく歌い返した。辰仁は歳甲斐もなく、嬉しくなって
―　大名児（おほなご＝女郎）は　野辺の露踏み分けて
　恋に沈まむ　手童（たわらわ）の如（ごと）
と二人の皇子をからかった。六絃の名手と知られている香花は、二人の皇子に所望されて琴の音を響き渡らせ、細（ささ）やかな宴に花を添えた。其れにしても、大津皇子は酒豪であった。辰仁の出した岩魚の燻魚を酒菜に、持参した酒を呑み干してしまうと
―「此れから馬駆けして吉野の川まで岩魚を釣りに行こう」と言い出して皆を困らせた。辰仁は憎めない青年だと好感を持った。その時、辰仁は四十九歳、真人四十五歳、不比等二十六歳、草壁皇子二十二歳、大津皇子は二十一歳であった。

皇子らの来訪以来、辰仁の学塾は再び賑わいを取り戻し、若やいだ声に包まれるようになった。そんな或る日、草壁皇子の紹介状を持った一人の青年が訪れた。名を柿本人麻呂といった。人麻

呂は石見（いわみ）の国（島根）で幼少期を過ごし、石見守（いわみのかみ）であった父親から詩文の手解きを受け、成人してから草壁皇子の舎人として京へ登ったのだという。

――臣は、今度、柿本の氏上（うじのかみ）に任ぜられ、草壁皇子の推挙により民謡を収集する任に付きました。これまでも舎人たちが謡う地方の民謡に興味を持ち、これを宴の席で謡ったり、文字に移し変えて収集していました。しかし、臣の知識では思うように倭語を漢字に出来ません。音辞博士の辰仁さまにご教示いただければ幸いです。

と挨拶した。

天武天皇は、「帝記を撰録し、旧辞を調べ整（ととの）え、虚偽を削り、真実を定めて後世に伝えよ」と詔（みことのり）された。これにより古代より今日まで様々な方法で伝えられてきた王位継承の物語や氏族の伝承を採集することになった。『帝皇日継』（ていおうのひつぎ＝帝紀）と『先代旧辞』（せんだいくじ＝旧辞）は稗田阿礼（ひえだのあれい）なる人物に誦習させ、文字に成っていない天語歌（あまがたりうた）や歌謡の類は人麻呂が採集することになったのだという。

――臣は、文字になる前から歌い継がれて来た民謡の豊かさに強く引かれています。民謡には労働歌や相聞歌が多く、天語歌（あまがたりうた）は和琴の伴奏で唱う古歌謡です。

――天語歌を良く知りませんがどのようなものですか。

と辰仁は聞いてみた。

―天語歌は、多くは大王の豊楽（とよのあかり＝郷宴）で采女（うねめ）が歌った寿歌（ことほぎうた）ですが、ここには古代の人々が神や大王に棒げる芳醇な言葉の響宴があります。いつ終わるとも知れぬ物語の唱和は人を酔わせます。

―草壁皇子さまの文に、「人麻呂の『浜恋歌』は一度わ聞くべし」とありますが、是非ともお聞かせ願いたいですね。

―そうですか、この唄の名前は私が仮に付けたものですが、東国の漁師が円座を組んで次々に歌い廻していくもので相聞歌の一種です。

と言うと、人麻呂は手拍子をとり、美声を響かせた。

舟は出て行く　朝日は昇る
鴎（かもめ）飛び立つ　賑（にぎ）やかさ
さあさやっこらさと　出て行く舟は
どこの港に着く気やら
さあさ唄えや　浜恋唄
いつも大漁が続く様（よ）に

人麻呂の伸びやかな唄声につられて、花が奥の部屋より顔を出し
――なんて味わい深い唄でしょう。吾（わ）も和琴で伴奏させて戴きたくなりました。
と言って琴を持ち出すと、人麻呂も調子を上げて続きを唄い出した。

お前来るかと浜まで出たが　浜は松風　音ばかり
さあさかっぽり出せ　五尺の袖を
ここで振らねで　どこで振る
唄の掛合いするではないか　唄で返事貰いたい
浜はよいとこ一度はござれ　魚食（か）せ　面倒みる
唄は袂（たもと）に山ほどあるが
心初心で唄われる

人麻呂の名調子は尚も延々と続いた。そして、花の伴奏が大層気に入った様子で
――草壁皇子の宴で、是非とも伴奏をお願いしたいものです。
と申し出た。花は
――吾（わ）は、そのような席には出られませんが、多神社の巫女に琴の名手がおります。吾から声を掛けておきましょう。

と軽くかわした。辰仁は人麻呂が訪ねて来た本題に戻って

――民謡も天語歌も長歌にこそ面白さがありますね。漢詩を学ばれた人麻呂どのにはよくお判りでしょうが、詩には頭韻と脚韻があり、歌唱すると絶妙な調べを醸し出す。天語歌には言葉追いがあって、前に唄った音や言葉を何度も使って尻取歌のように唄う面白さがある。言葉を別の言葉で補う枕歌（まくらことば）も歌に調子を付ける技法としてよく知られています。人麻呂どのは詩才の他に口誦の才をお持ちなのだから、新しい倭の歌が泉のように涌き出て、多くの人々に唄われることでしょう。楽しみにしています。

と背を押した。人麻呂はそれからも度々、辰仁の学塾を訪れては唄の話をして帰ったが、草壁皇子の宴で采女に和琴の伴奏をさせて唄った『近江荒れたる都を過ぐる時の歌』が宮廷で大きな話題となり京中に広まると、やがて皇后（菟野皇女うののひめみこ）の耳にも入り宮中に召し出された。人麻呂は如才なく、「大君は神にし座（ま）せば天雲の雷（いかづち）の上に庵（いほり）せるかも」と奏唱（そうしょう）して寵愛を受けるようになると、辰仁の学塾に足を向けることはなくなった。辰仁には一抹の不安が過（よ）ぎった。人麻呂は、父がその家柄と学識に比べても不遇な地方官吏で終わったので、人一倍中央志向の強い男であった。又、皇后は自ら巫女の霊力を具えておられ、言霊（ことだま）の力を政（まつりごと）に使う才に長けておられることを思うと、人麻呂の詩才を手放しでは悦べないのだった。

敷島の大和国は言霊（ことだま）の幸（さき）はふ国ぞ

真幸（まさき）くありこそ

学塾に来る学生たちも人麻呂の、『近江荒れたる都を過ぐる時の歌』に熱狂し、

の歌が巷間に広まると、人麻呂は宮廷の「言霊歌人」として不動の地位を占めたのだった。

玉だすき　畝火の山の　橿原の　日知（ひじり）の御代ゆ　あれましし　神のことごと　栂（つが）の木の　いやつぎつぎに　天の下　知らしめししを

から始まり、

石（いは）ばしる　近江の国の　楽浪（ささなみ）の　大津宮に　天（あま）の下　知らしめけむ　天皇（すめろぎ）の　神の尊（みこと）の大宮は　ここと聞けども　大殿は　ここと云へども　春草の　繁く生ひたる　かすみ立つ　春日の霧（き）れる　百敷の　大宮処（ところ）　見れば悲しも

と続く歌を或る者は唱誦し、或る者は書写に余念がない。この頃、漢詩に興味を持つ青年はめっきり少くなってしまった。歳老いた人の中には近江京のありし日を知る者も多く、人麻呂の歌はこうした人々を懐古の情に誘うのだった。和歌の広まりと共に『新字（にいな）』も普及したの

だが、その業績は学識頭の境部連石積のものとされて、石積は高位に叙位されたのを人伝（づて）に聞いたが、辰仁の関心はもうそこにはなかった。
この年、草壁皇子に珂瑠王（かるのみこ）が、高市皇子に長屋王（ながやのみこ）が生れて穏（おだ）やかな世を言祝（ことほ）いだ。

天武十五年（六八六）、五月。天皇は一年も前から病床に伏しておられたが急に容態が悪化し、「天下の事、大小を問わず悉（ことごと）く、皇后（きさき）及び皇太子（ひつぎのみこ）に啓（もう）せ」と詔して、政務の一切を皇后と草壁皇子に委（ゆだ）ねられた。その直後、九月九日。天皇は崩御された。享年五十四歳。波乱多き生涯であった。それから二週間後の九月二十四日に大津皇子の謀反が発覚した。十月十二日には捕えられ、その日の翌日には死を賜ったのである。妃（きさき）の山辺皇女（やまべのひめみこ）は、髪を振り乱して素足で駆けつけ殉死されたという。余りの出来事に辰仁は言葉を失った。大津皇子が草壁皇子を害そうとしたというのである。大津皇子にどのような謀反の企みあったのかは詳（つまび）らかではない。大津皇子を害されようとしたのは新羅僧・行心（こうじん）に、天皇になる骨相とみられたことによって野心が生じたとの噂（うわさ）が流されていたが、「後は天武天皇の望まれた改革を、百戦錬磨の高市皇子が宰相として統率されるのが良い」と親しい仲間との宴席で言われたのが皇后の耳に届いたからだと言う者もいた。他に、天武殯宮における誄（しのびごと）の中で、大津皇子が草壁皇子を侮辱するような言辞を吐いたからだという流言が聞こえてきた。どれも謀反につながるとは到底思えなかったが、大津皇子は身分の上下に関わらず親しく交り人望が厚かったが、人の猜疑心や妬みに心を配る所が少なかったのかも知れない。辰仁は、皇子の言葉を耳にした者の中に誰か皇后さまに讒言（ざんげん）した者がいたのではないかと思ってみたが、慌てて自分の邪推を否定するのだった。しかし、『大津皇子の変』を聞かされた草壁皇子は周囲の眼も憚（はばか）らず数日慟哭（どうこく）されたことを知らされたのが、辰仁にはせめてもの慰めであった。

後日、辰仁の庵に大津皇子を慕うものから辞世の歌と詩が届けられた。

大津皇子死を被（たまわりし）時、磐余池（いわれのいけ）の陂（つつみ）にて涕を流して御作られし歌

百伝ふ　磐余の池に鳴く鴨を
今日のみ見てや　曇隠（かくり）なむ

臨　終

金　烏　臨　西　舎　　金烏（きんう）西舎に臨み

鼓　声　催　短　命　　鼓声　短命を催す
泉　路　無　賓　主　　泉路（せんろ）　賓主（ひんしゅ）なし
此　夕　離　家　向　　此の夕べ　家を離（さか）りて向ふ
（太陽は西に傾き　夕刻を告げる鼓の音は自分の短い命をせきたてる　黄泉（よみ）の路には客も主人もなく　自分は　家を離れて　独り死出の旅路へ向かうのだ）

悲運な運命を甘受しようとする皇子の心情が哀れである。大津皇子、享年二十三歳であった。

天武天皇が薨去されて二年半経っても皇位は空白のまま空しく時が過ぎ、皇后の称制が続いた。それは、太政大臣や左右大臣を置かず、皇族だけで政（まつりごと）を牛耳る皇親政治に対する豪族たちの不満が噴出してきたことに加え、大津皇子の追憶の中に天智天皇や天武天皇の面影を重ね見る者が少くなかったからである。それに反発するように、皇后は天武天皇が死の直前に残された「天下の事、大小を問はず、悉（ことごと）く皇后（きさき）及び皇太子（ひつぎのみこ）に啓（もう）せ」という遺詔（いしょう）を元に、形振（なりふ）りかまわず強権を揮（ふ）るわれた。天武天皇の洪業（こうぎょう＝大きな事業）を継ぐ立場を知らしめるべく、我が子・草壁皇子を天皇代行とした。皇子は公卿百寮を率い延々と天武天皇の殯（もがり）を繰り返したが、遺詔に疑問を懐く者もいて仲々世は鎮（しず）まらなかった。

皇后は持統称制三年（六八九）正月に『飛鳥浄御原令』を施行し、寵臣の藤原不比等を判事に抜擢すると、強権を与えて新しい律令が国の津々浦々まで速やかに実施されるよう図（はか）った。しかし、その四カ月後に、草壁皇子は病死してしまった。天武天皇の威光のあるうちに皇子を天皇にする皇后の目論見は潰（つい）えてしまったのである。その時、皇子の子・珂瑠王（かるのみこ）はまだ五歳であった。皇后は天武天皇が皇子たちに、「千年の後まで事が起こらないように」と誓盟させた吉野宮に行き、祖母・斉明天皇も登られた天台に身を置くと、今は亡き天皇たちと交心され、自ら、『現御神（あきつみかみ）』となり皇位を継ぐ決心をされた。天皇は天上界を支配する天神（あまつかみ）の天孫と考えられてきたが、天孫を、何人も侵すことが赦されない人間の姿をした神であるという『現御神』の考えに立つことによって斉明天皇や天智天皇・天武天皇も神として崇め、皇后自らの権威と正統性を強化された。皇后は、神憑（かむがかり）となって、足繁く吉野宮への行幸を繰り返えし、「神をよく祭るものが人をもよく治める」ことを広く民に知らしめられた。辰仁は、ここに新しい世が始まったことを感じずにはおれなかった。

持統称制四年（六九〇）。皇后（菟野皇女・うののひめみこ）は、『現御神（あきつみかみ）』として即位され、持統天皇となられた。そして、倭国（やまと）は日の本の国、太陽の真下の国として、『日本国（にっぽんこく）』と改められた。同年七月に皇位継承資格を持った高市皇子が太政大臣となられ、天皇を輔佐されることになった。高市皇子は天武天皇の遷都計画を押し進め、律令の整備に邁進された。九月には、『庚寅年籍（こういんねんじゃく）』の作成を諸国に命令し、民を住所において確実に把握し、六年に一度戸籍を書き替えることになった。今までも歴代の大王によって戸籍帳が作られ、田の分配と徴税が行われてきたが、豪族の私田と部民支配の温存によって厳格に国の隅々まで大王の威光が行き渡らなかったのだが、この、『庚寅年籍』によって、六歳以上の男女に一定面積の水田（口分田）を支給する班田収授（はんでんしゅうじゅ）の制が正確に実施され、税を漏れなく徴集できるようになった。朝廷は民の身柄のみならず耕地の管理・支配権を確立したのである。

（十五）後事を託す

持統称制四年（六九〇）、十月。珍しく藤原不比等が僅かばかりの侍者を伴って辰仁の庵を訪ねられた。以前に草壁皇子や大津皇子と共にここを訪ねられてから六年もの歳月が経っていた。

——以前お越しいただいた頃は、学塾も若者で賑わっていましたが今は来る人もなく、妻と二人の詫び住いとなってしまいました。不比等さまは判事に任官され、草壁皇子薨去の時には、皇子ご愛用の黒作懸佩刀（くろつくりのかけはきのたち）を賜られたと聞き及びます。公務多忙の中わざわざのお運びに恐縮しております。

——今日は、ふと辰仁さまの顔が見たくなって、無理やり押しかけてきました。貴方は、臣の父・鎌足と兄・定慧をよく知るただ一人のお方です。臣は先年薨去された草壁皇子の近侍を永く勤めさせていただき今年、即位された持統天皇より皇子の佩刀を賜る栄誉に浴しました。これも父・鎌足から引き継いだ臣の役目かと思うこの頃です。

——まさに、不比等さまの精進と、内臣さまの思慮深いはかりごとのなせる業でしょう。

——そこで、今日は辰仁さまにぜひ訪ねたき義があってまかり越したのです。草壁皇子が薨去されたとき、枕辺に侍る臣に、皇后（こうごう）さまが「藤原不比等。この黒作懸佩刀が恙（つつが）なく皇嗣・珂瑠王（かるのみこ）に伝わるよう其方に後事を託す」と宣（のたも）うたのです。そして、「其方は、内臣・藤原鎌足に託された天智天皇の皇胤である。朕（われ）とは父を同じくする姉弟である。其方は、皇族の外にあって皇統を守ってほしい」と告げられたのです。臣は、今まで誰からもこのような話を聞かされていなかったので、俄（にわ）かには信じがたいことなのですが、辰仁さまは何かお聞き及びではないでしょうか。臣に永く近侍してくれた粟田真人どのも知らぬことなのです。

― 奴我(やつかれ)も初めてお聞きする話です。不比等さまに後事を託す皇后さまの強い思いが込められた話ではないでしょうか。今ふと思い出したのですが、不比等さまがお産まれになる前に、真人(まひと)さまに同じようなご落胤の噂さが流布したことがありました。軽皇子(後の孝徳大王)が鎌足さまを寵妃をもって遇されたというのです。当時、身分の貴い方が親愛のしるしに采女(うねめ=後宮に仕えた女人)を臣下に下賜されることは珍しいことではなかったので、この話は軽皇子と鎌足さまの親密な間柄を面白おかしく語ったのでしょう。それよりも、『壬申の大乱』をつぶさに見てこられた持統天皇は、草壁皇子と大津皇子を、大友皇子と大海人皇子に重ね合わせて見ておられたのではないかと思うのです。大友皇子は詩文に優れ、友愛の情深く人望がありました。一方、大海人皇子は雄武で直情径行の性格でした。温順な草壁皇子と豪放磊落な大津皇子のお二人を見られて、行く末に不安を抱かれたのではないでしょうか。それ故に、持統天皇は、不比等さまに宮の外から正しい皇統が末永く続くよう後事を託されたのだとお察しします。

― 『壬申の大乱』の二の舞いだけは是非とも避けなければなりませんが、臣にそのような能力があるとはとても思えません。

― 奴我(やつかれ)の見るところ、不比等さまは天武朝の皇族優越の考え方を改め、親王以外の皇族を諸臣と同じ位階、官職の中に組み込まれましたが、これは正に内臣鎌足さまが願われた王統思想と天命思想の統合を、文字による律令で完成させようとされているのだとお察し申し上げます。奴我は、倭の言葉を文字に定め、音義を統一する作業を一生の仕事としてきました。それ故、不比等さまは『浄御原令』の遵守（じゅんしゅ）に努められ、此度（こたび）又、『大宝律令』の編纂を行われ律令政治を定着され、倭国を慣習の法が支配する古き時代を、文字による成文の法で政が行われる新しき世に変えられた方だと思うのです。

――これは過分なお褒め。そのようなことが臣一人で出来るものではありません。律令の編纂者には皇族の代表ともいうべき忍壁親王（おさかべしんのう＝天武天皇の皇子）がおられ、その後ろには長老の石上朝臣麻呂さまが控えておられ、政は誠にむつかしいものでございます。しかし、新律令の編纂には、幼いころより臣を支えてくれた粟田朝臣真人どのや、田辺史百枝、田辺史首名などの田辺史一族の働きがあってやっと完成を見ることが出来ました。又、粟田朝臣真人どのは大唐をよく知る長老として、臣の目を倭の海遥か彼方まで見開かせてくれる外交の師です。

――彼（あれ）も是も、内臣鎌足さまのお謀いで、不比等さまに後事を託されたのは内臣さまなのかもしれません。

――辰仁さま、このようなお話をお聞きできるのは貴方だけです。中国では、唐の高宗皇帝が歿して後、持統四年（六九〇）、武則天皇后は自らを聖神皇帝と称し、武氏一門で執政を固め強権をふるっているとのこと。また、唐、新羅によって滅ぼされた高句麗の遺民が建国のために反乱を起こしているとのこと。我らは、これらの国の新しい情報を得て、今後の見通しを早急に立てねばなりません。国を安定させ、国力を増し、出来るだけ早く遣唐使を派遣すべきだと考えています。その時が来ますれば是非とも辰仁さまの助言を仰ぎたいと存じます。

―　奴我（やつかれ）は、もう何のお役にも立てませんが、どのように英知を集めても、もれなく民の声を聴くことはできません。不比等さまもよくご存じの通り、律と令だけで国が安定するものではない事を老婆心ながら申し上げます。此度の二年連続の飢饉と疫病の流行に、朝廷は負税を免除し賑給（しんごう＝米などを支給すること）を加えられていますが、物乞い、盗賊の類が都にも現れ騒々しい世の中になってまいりました。怪しげな私度僧たちも衆生の救済を説いて回っております。奴我の見るところ、地獄、極楽は共に存在するもので、民の心により多く仏の灯をともすのも大切な政（まつりごと）かと思うのです。

―　臣も僧を集めて念仏、祈禱をさせれば世が収まるとは思ってはおりません。飢饉に備えた水利事業の拡充や、疫病に対する施薬、貨幣の流通による経済の活性化、そのための銅鉱山の開発、軍事力の拡充等々早急に手を付けねばならぬ施策が多々あります。しかし、辰仁さまが申されるように、まず民を飢えから救い、生きる希望を示さねばなりません。かつて、大徳（道昭）さまが行われた利他業についても、辰仁さまに詳しくお聞きしたいと思っております。

―　奴我は、は大徳さまの手伝いを少ししただけですが、お役に立つことがありますれば、役人をお使わし下さればお話しましょう。

　藤原不比等は辰仁の話にうなずきながら、何か吹っ切れたような明るい表情で夕暮れの庵を後にした。

（十六）藤原京

持統称制三年（六八九）。持統天皇は天武天皇の『新城（にいき）』の造宮を継承し、飛鳥（＝倭京）に新たに付け加えられる京（みやこ）という意味で名付けられた『新益京（あらましのみやこ）』の造営鎮祭が行われることになった。これに先だち、造宮司となった妥女竹羅（うねめのちくら）なる人物が、計画に遺漏なきよう広く意見を聞くため、入唐経験者の辰仁を訪ねて来たのだった。兄の道昭は高齢を理由に面会を辞退していた。妥女竹羅は、天武天皇が毎年のように送った遣新羅使の一人で、『新益京』は彼を中心に計画されていた。今から十五年前に立案され、財政的な負担に耐えられず頓挫したにもかかわらず、持統天皇の治世になって残こされた天武天皇の事業の完成を急いでいるのは、前天皇の威信の低下を恐れたためである。

『新益京』は所在地の地名、藤井が原から『藤原京』と呼び習わされるようになったが、この新しい都は一辺が五里（一里を今日の表示である一〇〇〇メートルとする）四方もある我国初の城都で、その域内に天香久山・耳成山・畝傍（うねび）山を取り込み、中央に藤原宮（ふじわらのみや）を配し、都城の威容を高める上でその南に薬師寺や大官大寺が建てられることになっている。辰仁の住むこの飛鳥寺の辺（あたり）も京の南の端に含まれていた。『藤原宮』が大和三山の中央に造営されるのは、道教の神仙思想に傾倒されていた天武天皇が、不老不死の仙人が住むという中国の三神山に擬（ぎ）したからであった。城郭の内側は長安に倣（なら）って、碁盤の目のように道路が整備され、三万人以上もの人が住む計画だというのである。大垣に取り囲まれた宮殿の中は北側に天皇がお住いになる内裏（だいり）があり、南に国の政（まつりごと）や儀式・饗宴の場である大極殿・朝堂院が配され、東西に官人の業務の場である官衙（かんが）が設けられていた。

城郭の周囲が四十里近くもあり、百万人もの人が城の内外に住まう大唐の都・長安を自分の眼で見て来た辰仁には『藤原京』は、遥かに小規模な都城計画ではあったが、この計画には一抹の不安を感じた。

―　都の中に条坊の道路をめぐらし、礎石建ちで瓦葺の中国風大極殿を建てるのは素晴らしいが、果たして我が国に城郭をめぐらした都が必要であろうか。どのような外敵から民を守ろうというのであろうか。

と辰仁が遠慮のない疑問を呈すると、竹羅は役人らしくきっぱりと言った。

――天武天皇の御代より定められたことで、十三年も前に事業は着手されています。

――しかし、百万人もの民を受け入れる長安の都の成り立ちと、三万人の集住する人工の都とはその営みが大きく異なるのではないだろうか。

――それ故、唐の長安の都だけでなく、国状の似た新羅の都をも参考に計画が立てられているのです。

――都城の造営より、どうすれば京の賑わいを作れるかを考えるべきではないだろうか。

と辰仁は更に苦言を呈した。竹羅は真顔で
――倭国が、大唐に比肩する皇国であることを国の内外に識らしめることが出来れば、国の民ばかりか四海の遠国から交易を求め、朝貢をせんと遣って来ます。

と言う。役人は自分の考えよりも上司から求められている答えを口にするものだからその返答に驚きはしなかったが、辰仁はもう一つ大きな危惧を抱いていた。それはこの都城の立地にあった。

『藤原宮』の造営には、必要な木材を近江の田上山（たなかみやま）で伐採して筏（いかだ）に組み、宇治川に流して木津で陸揚げし、平城山（ならやま）を越え、佐保川・初瀬川・米川を経て新たに運河を造って大極殿の北側まで運搬する方法が採られていた。当初は木津から京まで運河を造るという壮大な計画で、これは大唐の揚州から洛陽までの大運河に倣ったものであったが、平城山（ならやま）越えの運河は技術的にも経費の上でも無理があった。この長大な運河の建設を諦めた上での今度の造宮再開である。

―　藤原京は藤原宮の南に日高山がそびえ、その南に飛鳥川が迫るという地形のため、北西に向って土地が下っている。それに宮地は地下水の水位が高く、湧き水に悩まされ溜池が多い。河川の修復工事や側溝の浚渫を指揮した奴我（やつかれ）の経験から言えば、大雨ともなれば条坊道路の側溝はたちまちに水が溢れるに違いない。そして、すぐ近くを流れる飛鳥川が氾濫すれば宮内にも汚水が流入し、これが長引けば、三万人以上もの人が集住する京には疫病が蔓延する事態を招きかねない。

ここまで言った辰仁の言葉を制して、造宮司は強く言い切った。

―　ご心配には及びません。その為に宮の東側を南北に走る大側溝が造られるのです。

辰仁の心配など一顧だにせず京の造営は夜を日に継いで進められた。全国から駆り集められた衛士（えじ）や仕丁の苦難と農村の疲弊は延々と続いた。そして、持統八年（六九四）、十二月。『藤原宮』へ遷都が挙行され、辰仁も式典の末席に連なった。大極殿には天皇を象徴する三本足の烏の幡桙（はたほこ）を中央に立て、両隣に日月を象徴する日像幡と月像幡、さらに両端に四神（青竜・朱雀・玄武・白虎）の玉桙（たまほこ）がたなびいた。拝殿に於いて賑々（にぎにぎ）しく雅楽が奏され、神楽が舞われた。辰仁の位置からは朧気（おぼろげ）に、玉座に鎮座まします天皇のすぐ側に珂瑠王、その一段下に寿詞（よごと）を奉じた神祇官の中臣大嶋、皇族官僚の刑部親王（おさかべしんのう）、旧族官僚の石上麻呂、大僧上の義淵、そして、開明官僚として不動の地位についた少納言・藤原不比等の姿が見えた。辰仁のような末席の者にも絹布が下賜され、都に住む平民一五〇〇戸（約二万五〇〇〇人）の者にも麻布が下賜された。しかし、驚いたことに藤原京は新城の建設計画から実に十八年も経つというのに、大極殿と内裏以外は朝堂院も回廊も薬師寺も大官大寺も完成していなかったのである。辰仁は我が家への帰り道、都に一つだけ設けられている「中市」に寄ってみたのだが、草履や編籠に筵（むしろ）や縄、麻布などの手加工品と、鎌や鍬などの農具、そして、塩に米、粟、豆、野菜、干物（ひもの）などの食糧品が並べられていたが品数も人通りも少なかった。古くから栄えている下っ道と阿倍山田道の交差点にある「軽の市」とは比べものにならない寂しさであった。辰仁の脳裏に、この都は完成することがないのではないだろうかと不安が過（よ）ぎった。

持統十年（六九六）、七月。太政大臣・高市皇子が薨去された。持統天皇の寵愛されている宮廷詩人の柿本朝臣人麻呂（かきのもとのあそんひとまろ）は、「やすみしし　わが大王の　天の下　申し給へば　万代（よろずよ）に　然（しか）しもあらむと」（高市皇子が天下を治められたので、万代までそうであろうと思われたのに）と哀悼の詩を歌った。

持統天皇は、高市皇子が薨去された直後に若桜部朝臣五百瀬（わかさくらべのあそんいおせ）と多臣品治（おおのおみほむち）の二名に、「元（はじめ）より従いたてまつれし功と、堅く関を守れること」に褒美を与えられた。巷間では、この二人が高市皇子の死に係わる功労者だと悍（おぞ）ましい噂が流れた。辰仁は持統天皇にも高市皇了にも拝謁する期会がなかったが、お二人は天武天皇の御意志を実現する点では相支え会っておられたのだと思っていたが、政（まつりごと）の世界は、一学生の想像の埒外（らちがい）なのかも知れなかった。

この頃、都では、『役民の作れる歌』が唱誦され、この歌を流布させた者の探索が始まっていた。

やすみしし　わが大王　高照らす　日の皇子あらたへの　藤原が上に　食国（をすくに）を見（め）し給はむと　都宮（みあらか）は　高知らさむと　神ながら　念（おも）ほすなへに　天地も　寄りてあれこそ　石走（いわばし）る　淡海の国の　衣手の　田上山（たなかみやま）の　真木さく　檜（ひ）のつま手を　もののふの　八十氏河（やそうぢかは）に　玉藻なす　浮かべ流せれ　そを取ると　騒ぐ御民も　家忘れ　身もたな知らに　鴨じもの　水に浮きゐて　わが作る　日の御門（みかど）に　知らぬ国依り　巨勢道（こせぢ）より　わが国は　常世（とこよ）にならむ　図（ふみ）負へる神（あや）しき亀も　新世（あらたよ）と　泉の河に　持ち越せる　真木（まき）のつまでを　百足（ももた）らず　いかだに作りのぼすらむ　勤（いそ）はく見れば　神ながらならし

歌の趣きに目を閉じて言えば、「高市皇子が藤原の地に広壮な宮殿を建てようとなさるとき、天地も相寄って力を貸された。都の宮殿に外国から慶賀の使節がやってくる巨勢道から、めでたい神亀も現れ、新しい世の到来を告げている。天地をあげて勤め励んでいる様は、さながら神の御業そのものだ」と歌っているのだがこれは、藤原宮造営に努められた太政大臣・高市皇子を讃歌するものだった。朝廷では、高市皇子を慕う親百済派が天皇の権威に相拮抗する力を持ち始めていた。人麻呂は強く否定したが、この歌が人麻呂の高市皇子への献歌として持てはやされ、親百済派の精神的な旗印と目されると、天武天皇を崇（あが）める親新羅・親皇派は一段と危機感を募らせたのだった。

持統天皇は、この政情不安を治めるべく、内裏に王族、重臣、皇子を召集し、皇太子（ひつぎのみこ）を決める会議を開いた。会議は紛糾をきわめたが、大友皇子の長子・葛野王（かどののみこ）が立ち

――我が国は子孫相承を祖法としており、兄弟相承は変乱の基である。さすれば、皇嗣はおのずから明らかではないか。

と述べ、口をはさもうとした弓削皇子を叱りつけた。この一言で、「天武―草壁―珂瑠」という直系皇位継承を是とすることが決まったというのである。高市皇子の死から半年後の文武元年（六九七）、二月。珂瑠王はわずか十五歳で皇太子に立てられ同年八月、『文武天皇』となられた。辰仁は、葛野王（かどののみこ）が生きながらえる為に果たされた役割を思うと哀れを禁じえな

かった。

文武天皇が即位された年は旱魃による大飢饉に見舞われ、世の中は不穏な空気に包まれていた。翌、文武二年も旱魃と、蝗（いなご）の大発生で飢饉が続いた。さらに、文武四年には国中に疫病が流行し、国も人心も荒れ果てた。

持統天皇は太上（だいじょう）天皇となられて、若い文武天皇を補佐されることになった。右大臣になった藤原不比等は、生前、草壁皇子より下賜された佩刀（はいとう）を天皇に献呈し気持ちも新たに忠誠を誓った。そして、太上天皇に請われるままに、自分の長女・宮子を入内（にゅうだい）させたのだった。不比等は天皇の外舅（がいきゅう＝しゅうと）となった。自らが神になり、その権威によって孫の珂瑠王が天皇となることに全ての力を注いで来られた太上天皇は、不比等の政治手腕に頼る他はなかったのである。不比等にとっては、政（まつりごと）を知らない天皇を神として戴いて、官僚の補政による中央集権政治を完成させるまたとないめぐりあわせとなった。政（まつりごと）が大きな困難に直面するほどに不比等の政治手腕が求められた。辰仁には不比等が自分の私利、私欲で策動する男には思えなかった。否、思いたくなかった。しかし、巷間では「鳥　取り餅　藤原の中とりもち　人取り持ち」と戯（ざ）れ歌が口遊（くちずさ）まれ、自家の女人を入内させ、天皇の外戚となって権力を手中にすると揶揄した。

（十七）末法の世

文武天皇が即位された年（六九七）から二年間、近畿・中国・四国地方を中心に大旱魃が襲い飢饉に見舞われたが、さらに、同年には越後、近江、紀伊、の諸国に疫病が流行り、朝廷は諸国に巡監使を派遣し、被害の状況の把握に努めるとともに、諸社、名山大川に対する祈雨、賜給、税免除などの対策を次々に打ち出した。しかし、その甲斐もなく疫病は全国に広がり、世は乱れ、飢え死、逃亡、強盗が地方にも都にも溢れて、民の間には博打や怪しげな加持祈とうが流行り、民は恐れおののいた。特に農村は極度に疲弊し、飢餓の一歩手前の貧農が多く、離村し逃亡するものが後を絶たなかった。

そして、ついに辰仁の庵の前にも糞掃衣（ふんぞうえ＝ボロ布を洗いつくろった僧衣）姿の浮浪人が座り込んだ。花が出てみると、老若の見分けもつかない男が、木の鉢を差し出し、「善根功徳を積みなされ。功徳を施せば、其方のみか、そなたの親、子、兄弟まで悪行の償いができまする」と唄うように述べるのだった。意味は分からずとも物乞いであることはすぐに分かったので、花は、封戸から届く稲穀（とうこく）も年々少なくなって、日々つましい生活を強いられているのに納戸から米を一升持ってきて与えた。それから三日の後、今度は三人の乞食僧が門前に現れた。花は恐れをなして表に出ずそのまま放っておくと、「善を念じ、悪を改めよ。仏に布施を致せばあの世で地獄に落ちずに済む」と声高に叫び、また別の者が、「布施を施せば死しても地獄、餓鬼、畜生の三道に落ちることなく極楽浄土にゆける」と唱え、その場を去ろうとしない。花に言われて辰仁が出てみると、外は日が傾きかけていた。

―　其方たちは、どこから来られた。

―　河内の国の家原寺から衆生を救うため布施行をしている優婆塞（うばそく＝私度僧で在家の仏道修行者）です。

―　これから河内まで帰られるのか。夜道は盗賊が出て危ない。気を付けられよ。ところで、教祖は行基どのか。奴我は船史辰仁というが、一度お目にかかりたいと伝えてはくれぬか。

―　今日は、生駒山の恩光寺で仮寝をして、明後日、河内へ帰って確（しか）とお伝えします。

こんなことがあって数日の後、辰仁の庵を一人の偉丈夫な僧が訪ねてきた。

―　奴我（やつかれ）がお尋ねしようと思っておりましたのにわざわざお運びいただき恐縮です。

――滅相もございません。音辞博士の辰仁さまのお名前は知らぬ者はおりません。吾（われ）は、訳あって十二歳の時に飛鳥寺に預けられ、十五の時に私度僧となりました。辰仁さまと吾は三十以上も歳が離れておりますが、それでも十歳で音辞の講義をされ、葛城王子（後の中大兄皇子＝天智大王）より音辞博士の名前を賜った話は寺に語り継がれておりました。

――お恥ずかしい。じゃが、もうその頃は飛鳥寺に入るのも難しかったと思うのだが、またどうして。

――吾は河内の国の百姓の倅（せがれ）で、大変なわんぱく小僧でした。子分を引き連れて郡司さまの子供をこっぴどく痛めつけたものですから親が後難を心配して無理やり寺に預けたのです。

――其方が飛鳥寺におられた頃は、奴我は兄・道昭の利他業を手伝っておりました。

――吾は、鎮護国家に役立つ官度僧になることを要請される寺のありようになじめず、こっそり寺を抜けては大徳さまの「作善」に加わり、溝さらえや、畚担（もっこかつ）ぎに汗を流しておりました。大徳さまや、辰仁さまから近くお話を伺った記憶は余りありません。それで、寺の書庫に入って、大徳さまが大唐（もろこし）より持ち帰えられたという書物を探してみたのです。

――ほう、何かありましたかな。

――唐の『高僧伝』と『地蔵十輪経』なる書物を読むうちに僧信行さまの『三階教』の教えにたどり着いたのです。信行法師は、釈迦如来の説かれた末法の世を救うために、無尽蔵院（金融としての無尽）を作り、乞食（こつじき）、布施（ふせ）を行い、救済事業を起こして、「飢え、病に苦しむ衆生を救うため僧は寺を出よ」と教えられたのです。吾は、この信行法師に帰依しました。しかし、吾はこれらの書物を詳しく読むことができませんでした。大徳さまに教えを請いたいと思った時はすでに遅く、大徳さまの「利他業」は朝廷の圧力で消えてしまいました。正直に申し上げてこの時、吾は大徳さまに失望しました。今は、吾の若さゆえの過ちと悔いていますが、お詫びする機会もなく、今年の春に入滅されたことを知り恥じ入るばかりです。

――いやいや、兄・道昭は衆生の心の中に仏を見出しておられたから、後に続く僧たちの作善（さぜん）を好もしく見守っていました。兄・道昭が大唐で学んだ仏教は、人の心のあり様を腑分けし言葉に置き換えてゆく唯識の学問でしたが、神仏をあがめる人の心は文字に書き映すことが難しいのです。それ故、多くの経典が表されてきたのでしょうが、大徳は人の生きざまと、仏の導きを生身の体で体得する儀礼や行を認め、経世済民に心を尽くされたのです。それで、行基どのは飛鳥寺を出られて、役小角（えんのおづぬ）さまの元へ行かれたのですな。

――役小角さまは大和の国の優婆塞（うばそく）で、葛城山で山林修行されて後、熊野や大峰山で難行苦行を重ねて呪力を体得され、悪魔を降伏させ衆生を済度する菩薩として崇められていました。吾は、子供のころより聞かされていた怪僧、役小角さまのおられる吉野の金峰山に行き山岳修行に入りました。人より頑健な体でしたから十五年の山岳修行に耐え、文武天皇が即位された年（六九七）に下山を許されました。河内の家へ急ぐ道すがら二年続きの大旱魃で飢餓にあえぎ、村を捨てて流浪する農民に助けを求められました。都での役務を終えて里へ帰る途中で力尽き、病に倒れている者も少なくありませんでした。吾は、大家（たいけ）の前に立ち布施行をしていくばくかの食べ物を得ると、これらのものに分け与えました。悪霊におびえる者には呪力でこれを解き放ち、病に苦しむ者には施薬の術を施したのです。途中立ち寄った寺も寂れ、僧たちも食うや食わずで、吾について布施行をすれば食にありつけるとばかりに河内までついてくる者まで出てきたのです。吾はこれらの者をどう食わすか、ハタと困ってしまいました。

――そこで、家を改修して宿泊施設の布施屋と、道場の寺を作られたのですな。

――僧や、農民だけでなく都を逃れてきた役民もいて、その数は増えるばかりです。

――そうなると、中には脅迫まがいの布施行をするものも出てくるのですね。

――そこで吾は、三階教と、地蔵菩薩の信仰を説き、教団の戒律を定めたのです。

――地蔵菩薩の信仰は、釈尊の入滅後、弥勒菩薩の出世されるまでの間、無仏の世界に住して六道の衆生を教化、救済して下さる菩薩を崇めることですね。教団の戒律とはどのようなものなのですか。

――それは学問のないものにも分かるように、一日一食、酒を飲まない、盗みをしない、嘘をつかない、などのあたりまえの心得です。

――僧が衆生を仏と拝み、衆生と共に生きることを務めとすることは誰からも非難されることではないが、其れでも、朝廷は僧尼令で私度僧を取り締まろうとしています。

――先年（六九九）、吾共の尊師、役小角（えんのおづぬ）さまが、妖言を労して民を惑わすものとして伊豆島に流罪となってしまいました。次に吾が罪人とされてしまうと、吾に助けを求めて集まった民はどうなるのかと思い悩むのです。このところ、吾は面倒を起こす輩（やから）と見られているようですから。

――いや、面倒が起きているから、今、行基さまが求められているのです。朝廷は、僧尼が家々を訪ね歩き、民を教化して財物を乞う行為を取り締まろうとしているのですが、笞（ち＝杖で臀部を打つ刑）や徒（ず＝懲役刑）だけで世が治まるとは思っていないのです。今から二十八年前、『壬申の乱』による内乱で都には流人があふれ疫病が流行しました。この世の地獄を見たとき、禅寺にこもっていた兄の道昭が利他業を始めたのです。手伝いを求められた奴我は、先ず厠の改善から始め、飛鳥川や佐保川の浚渫工事を行い、宇治橋の改修を指揮しました。そのために、土木技術に秀でた東漢氏（やまとのあやうじ）や薄葬令で仕事を失った石工（いしく）を集めたのです。これにより禅院に多くの喜捨や布施が集まり、兄・道昭は大徳さまと呼ばれるようになったのです。奴我は、倭国の音辞を学んでいるもので、仏の教えに詳しい訳ではないが、この世が地獄か極楽かは見る者の心次第だと思うのです。奴我は、布施行だけで民を救うのは無理があると思うのですがどうでしょうか。

――吾も、今やっとそれに思い至りました。辰仁さま、吾に土木技術に秀でた人物を紹介して頂けぬでしょうか。

――ずいぶん昔のことゆえ、今は思い付きませぬが、行基さまが頭を下げられれば断る者はいますまい。

――今日は、辰仁さまに道をお示しいただいた思いです。

――いや、奴我は、あまり世の役に立たぬ隠者です。最後に、一つ余計なことをお話しします。それは行基さまが菩薩と崇められ、その教えが『行基教』と呼ばれるようにならぬよう気を付けられたいと思うのです。其方の事業が一代で消えてはなりませぬから。

――人さまに悩みを聞いていただくと心が軽くなると説いてきたのですが、今日は吾が悩みを聞いていただき本当に心が軽くなりました。長居をしてしまいました。日も暮れてまいりましたので、これにて失礼をいたします。

――それでは、行基さまに手ぶらで帰っていただくわけにいきません。この間、吉野の轟の里から落ち鮎の塩漬が届いたのですが、生臭いものはいけませぬかな。

――お心遣いありがとうございます。口に入るものなら喜んで頂いて帰ります。

――そうですか、これからも行にお励みいただき、御身ご自愛下さい。

行基は、荒縄で縛った大きな漬物樽を軽々と片手で持って、夕やみに消えて行った。

（十八）飛鳥の終り

文武四年（七〇〇）、三月十日。兄・道昭が入滅した。享年七十二歳であった。道昭は諸国を周業した後、天武天皇の要請を受け東南禅院に戻り、写経事業の協力者となって仏教界に大きな影響力を持った。道昭は自分の死期を悟ると、体を洗い浄め、衣を着替え、筆を取って、「世間虚仮唯仏是真（せけんこけゆいぶつぜしん＝世の中のことは仮のもので仏の教えのみ真実）」と書くと、西方浄土に向って端座した。夜も明けようとしたとき、一筋の光が部屋に差し、道昭の息が絶えた。見守った辰仁も弟子達も師が極楽浄土に往生されたのを確信した。亡き骸は栗原の地で火葬に付された。天下の火葬はここに始まる。

辰仁は仏門には入らなかったが、兄・道昭は心の支えであり、生きる道標（みちしるべ）であった。仏に導かれて悟りに到達しようとすると、現世の身分や階級を否定することになると教えてくれたのも兄である。辰仁は学問の道を歩むのもまた同じだと考えて今日まで励んできた。辰仁は兄を失ってから急に気力が衰えて、過ぎ去った日々を思い起こしては、親しく語りかけてくれた故人を一人一人思い出していた。想（おも）えば、皆この国のかたちを創った人たちばかりである。自分もその列に加えることが許されるであろうか。顧みて忸怩（じくじ）たらざるを得なかった。

其れにしても、政（まつりごと）は人を殺（あや）めなければ次の代へ駒を進めることが出来ないのだろうか。蘇我入鹿さまを殺めて中大兄皇子は天智天皇となられた。その子・大友皇子を殺めて大海人皇子が天武天皇となられ、皇后（菟野皇女）は大津皇子を殺めて持統天皇となられた。この他にも数えきれない程身近かな人を殺めて王権が創られて来たのだが、特に持統天皇の行動は辰仁の理解を超えていた。天智天皇を父とする姉妹が共に大海人皇子の元に嫁がれたが、姉の太田皇女が早世されると、妹の菟野皇女が姉の遺児・大津皇子を殺め、我が子・草壁皇子の皇位継承を願われた。その草壁皇子が若くして病没されると、自ら持統天皇となられ、草壁皇子の遺児で孫の珂瑠王を弱冠十五歳で文武（もんむ）天皇とし、ご自分は太上天皇となって若い天皇を見守られたのであった。今の世を創られた天武天皇を神として崇（あが）め、政権の正統性を明らかにして、皇統が千年の後まで続くよう強く願がわれたのは、殺戮による王権奪取の歴史をご自分の代で終わりにしたいと思われたからに違いない。称制三年（六八九）に草壁皇子を喪（うしな）ってから、持統十一年（六九七）に珂瑠王に譲位されるまでの八年間に三十回も吉野宮へ幸行され、「元（はじめ）より従える者」に功封を下賜された。そして、死の直前にも伊賀・伊勢・美濃・尾張・三河へ行幸され、各地で太上天皇として天皇大権を行使し、叙位・改賜姓・賜封（しふ）を行い、『壬申の乱』から新しい世が始まったことを今一度思い起こさせようとされた。或る者はこれを「女の一念」と陰口をきいたが、藤原不比等はそうは考えなかった。文武という経験に乏しい天皇を教導する太上天皇を設け、この太上天皇を補政する太政官によって、時の天皇に左右されない統治機構を完成させようとしたのが、他ならぬ藤原不比等、その人なのだと辰仁は思った。

持統太上天皇は最後の吉野・東国行幸から還られた翌月、大宝二年（七〇二）、十二月二十二日。ついに波瀾万丈の生涯を閉じられた。享年五十八歳であった。辰仁は生前に一度もご尊顔を拝する機会を得なかったが、太上天皇は心安らかに逝かれたであろうかと心が曇った。太上天皇は一心に藤原京の完成を願われたが、京は遂に完成しなかった。京は辰仁が危惧した通り、大雨ともなればたちまち条坊道路の側溝の水は溢（あふ）れ、飛鳥川が氾濫すれば一月以上も水が退かず疫病が蔓延した。当初は典薬寮より薬を支給し、又、夜を日に継いで河川・側溝の浚渫工事に努められたがとても食い止めることが出来ず、追儺（ついな）、大祓（おおはらえ）、神社への奉幣（ほうへい）、寺院での続経などが毎日のように行われた。しかし、疫病は衰えるどころか幾内全域に広がり、百姓の逃亡や盗賊の多発で京の「中市」の辻では毎日のように見せしめの処刑が行なわれた。川には死体が浮び、生駒山麓に設けられた共同墓地に遺体を運ぶ荷車を見ない日はなかった。天武・新羅派の強い反対にも関わらず、人々は太上天皇の崩御を待っていたかのように遷都の声を挙げ始めた。

持統太上天皇の殯宮儀礼が一年続いて最後の誄（しのびごと）が奉られ『大倭根子天之広野日女尊（おおやまとねこあまのひろののひめみこ）＝大倭の国の中心となって支えた広野姫尊』という謚号（しごう）が贈られた。遺骸は火葬に付された後、天武天皇の大内山陵（おおうちのみささぎ）に合葬された。

持統太上天皇の亡くなる一年前（七〇一）に『大宝律令』が完成し、大宝二年（七〇二）に頒布（はんぷ）された。藤原不比等は文武天皇が即位された直後から着々と次の時代の準備を進めていたのであった。大宝元年、正月に粟田朝臣真人を執節使（大使）として遣唐使に任命した。三十年もの間中断していた遣唐使の派遣を再開するには、新しい時代を開かんとする藤原不比等の強い決断があった。新羅は天智大王が薨去された天智十年（六七一）から今までに二十三回も倭国へ使節を送って来ている。また倭国は遣新羅使を十回派遣している。対唐戦争を始めてから新羅は倭国が唐と結託することを強く畏れていたのである。唐との直接の交渉再開は、対新羅との関係を見直すだけでなく、新羅を通じた唐との交易で利益を得ていた朝廷の天武・新羅派の力を削ぐことにもなる。藤原不比等は対立する百済派と新羅派を押さえて、天皇を補政する官僚政治の仕上げに取りかかったのだった。新しく制定された『大宝律令』は天皇を補政する太政官の役割を明確にし、官司の上下の統轄関係や規模、職務の性格などを細かく整然と定めた。次に不比等は満を持して藤原京の造営中止と、遷都の計画を打ち出した。
辰仁に文官の人事を管掌する式部省から、永年の音辞の研究に対する叙勲の内示と、遷都審議の一員に加わるよう通知が届いた。辰仁は朝廷との関わりも薄くなった今、官人の末席を汚すことを善（よし）とせず、どちらも丁重に辞退し、完全に野に下る決心をした。位階を求めず、先学から学んだものを後進に伝えて泰然とこの世から消えることが出来れば外に望むことはない。辰仁はそうありたいと思って生きてきた。

そんな或る日、多臣品治（おおのおみほむち）が嫡男・安万呂を伴って辰仁の庵を訪ねて来た。品治は、妻の香花の叔父に当り、祖父・多埒敷（おおのこもしき）の長男であったが、楽家を継がず武人として生きた人である。
―臣（やつかれ）は多氏の氏上（うじのかみ）ではあるが、楽人として技芸を学ぶ暇（いとま）もなかった。ここに居る安万呂は、今は民部省に席を置くが、今後、楽家の氏上となるには神楽舞楽の秘曲を相承しなければならない。その為には美姫どのから秘曲の手解きを受けたい。
というのである。安万呂は深く頭を下げて
―臣は、武人が活躍する時代は終わったと思います。これからは、和歌や音曲など雅（みやび）なものが求められます。私は多氏に生れた者として、楽家に伝わる楽の伝統を大切にしたいと思います。また、多氏に伝わる旧辞を読み直し、これを『多氏古事記（おおのうじふることぶみ）』

として筆録しております。近々、朝廷に提出することになっておりますが、先祖の語った倭語（やまとことば）を正しく漢字で表記するのは、浅学の身には至難のことです。どうか音辞博士のご指導を賜り、後世に恥じないものを書き上げたいと存じます。

と言う。香花の勧めもあって、義母共々この親子の申し出を引き受けることになった。安堵した多品治（おおのほむち）はこんな話をした。

――辰仁どの、其方も美姫どのの御供（おとも）として、百済王（くだらのこにしき）・善光さまの葬儀に参列しておられたが、どう見られた。臣は 今まであの様な墓室を拝見したことがない。石室の壁面に描かれた極彩色の壁画には驚かされたが、天井に描かれた星宿図にはもっと愕き申した。天の中央の北極星は百済王を現しているというではないか。これは天皇（すめらみこと）をも畏れぬ仕業ではないか。

語気を強めて言う老人に、辰仁は

――奴我（やつかれ）は、百済王家の矜持（きょうじ）を見る思いでした。

と軽く言葉を躱（かわ）したが、この持統六年（六九二）に挙行された善光さまの葬儀は辰仁の記憶に今も残っている。善光さまは豊璋王の弟君であられるから、前王の妃である義母・美姫も葬儀に招かれ、主だった者だけ納棺の前に石室に案内され、善光さまの行かれる冥界を目にすることが許された。辰仁が義母の手を引いて石室に入ると、正面の北壁に玄武、西壁に月像と白虎、東壁に日像と青龍が色採かに描かれているのが目に入った。義母は小声で「朱雀がいませんね」

と言った。辰仁が「最後に閉じられる南の壁に描かれている筈ですよ」、と答えたのを覚えている。安万呂は、父と辰仁の気まずい会話に
—父は、自分が百済派と見られることに注意深くなりすぎて、あの様な事を言うのです。臣も父の供をして拝見したのですが、西壁と東壁に描かれた男女の群象の鮮やかな筆使いに感動しました。
と助け舟を出した。辰仁は
—充分な準備をされた寿陵（＝生存中に築造された陵）で、当代随一の画師・黄文本実（きぶみのほんじつ）の手になる絵だけに見事なものでしたね。
と答えてこの話は終わったが、この多安万呂に近しいものを感じた。

夏も終わり、めっきり塾生も来なくなって、子供に恵まれなかった辰仁と花は、昔話をして過ごすことが多くなったが、大既は大唐の都の話で、半島での戦の話や政（まつりごと）の話はしなかった。時には、花の求めに応じて囲碁を教えて時を過ごすこともあった。この日は珍しく多安万呂が訪ねて来て、辰仁のお陰で、『多氏古事記（おおうじふることぶみ）』の出来ばえが朝廷でも話題になり、面目を施（ほどこ）したと報告してくれた。花の和琴の演奏を聞いている内に日も傾き、安万呂がそろそろ帰ろうとしていたそんなとき、珍客がひょっこり現れた。柿本人麻呂である。

―　長らくご不沙太をしておりました。今日より永の旅に出ることになりましたのでお別れのご挨拶にまいりました。

と言う人麻呂は無精髭を蓄え、少し歳老いて見えた。

―　これは、又、何方（どちら）へ。

―　生れ育った石見（いわみ）にまいります。先（せん）の太上天皇の東国行幸にも同行が許されず、都での私の役割は終わりました。私は、思いとは別に政（まつりごと）の一方に与（くみ）した者として、都から追方されたのです。

―　政（まつりごと）のことは良く存じませぬが、貴方の和歌の才能が認められないのは残念です。

　妻の花が差し出す薬湯を一口飲むと、人麻呂は包から册子を取り出し

―　これは、臣が今まで採集しました民謡や天語歌（あまがたりうた）です。それに未練にも、臣が作った和歌も加えました。

その册子の表紙に眼を止め、辰仁が

―　『万葉拾遺』ですか。

と言うと

―　朽ち果てる言の葉を拾い集め、後の世に残したいとの思いです。近く禁書令が出ると聞いております。朝廷に取って不都合な書き物が残ることがないようにとのお考えなのでしょう。臣の

歌は、そのようなものではないのですが、何時の間にか朝廷に逆らう者の歌とされてしまいました。他に託す方もなく、辰仁さまの元にお持ち致しました。どうか、百年後の歌人の目に止まるようお守りいただければ、心安らかに都を後にすることが出来ます。

人麻呂はこう言い残すと淋しげに立ち去った。人麻呂は、四十半ばで「石見権守（いわみのごんのかみ）」という名目ばかりの官位を与えられ石見国に配流されたのだった。辰仁は残された『万葉拾遺』を手に取ると黙読した。そこには、『浜恋唄』や地方の天語歌と共に人麻呂の『近江荒れたる都を過ぐる時作れる歌』や『日並皇子尊（草壁皇子）の殯宮（あらきのみや）の時作れる歌』、『高市皇子尊の城上（きのへ）の殯宮の時作れる歌』と共に、『吉野宮にいでましし時作れる歌』や『藤原宮の役民の作れる歌』があった。中でも『軽の市の側の妻が逝去したとき、泣血哀慟（きゅうけつあいどう＝なきかなしむ）して作れる歌』は哀切極まりない。

天飛ぶや　軽の道は　吾妹子（わぎもこ）が　里にしあればねもころに　見まくほしけど
やまず行かば　人目を多み〈中略〉吾妹子が　やまず出で見し軽の市に　吾が立ち聞けば
玉だすき　畝傍の山に　鳴く鳥の　声も聞こえず　玉鉾の　道行く人も　一人だに　似てし
行かねば　すべをなみ　妹が名呼びて袖ぞ振りつる
（軽の道はわが妻の里であるから　ねんごろに見たいが　度々行けば　人目に立つ〈中略〉
妻がよく行っていた　軽の市に立つと　畝傍の山に良く鳴いていた　鳥の声も聞こえず　道

を行く人も　一人としてあなたに似ていず　ただあなたの名を呼び　袖を振ったことよ）

かと思えば、誰憚（はばかる）ることもなく隠妻（こもりづま＝人目を忍ぶ関係にある女）との恋の歌をも書き残していた。辰仁は人麻呂の歌人としての非凡さに改めて目を見張った。人麻呂によって、やっと倭国の歌が完成したのである。しかし、柿本人麻呂の名前が再び世に知られるには、大伴家持らによって、『万葉集』が編纂されるまで、その後五十年以上の歳月を要した。奇しくも人麻呂の歌を採集した家持も又、都で名声を得ながら政争の嵐に翻弄されて都を追われ、地方の役人となった歌人であった。

辰仁は、帰りそびれている多安万呂を呼んだ。

――安万呂どの。ここにある、『万葉拾遺』なる書は、今、柿本人麻呂どのが奴我（やつかれ）に託したものだが、奴我もこの先、余り永くは望めぬ故、其方に預けたい。其方が氏上となられたら、多神社に奉納し、末代まで守って戴きたい。

聡明な安万呂は事の重大さを理解し、深く肯（うなず）いた。この時、安万呂はまだ四十五歳の若さだった。

慶雲二年（七〇五）初秋。義母の美姫が天寿を全うし、辰仁は妻の花と二人の静かな日を過ごしていた。そんなある日。思いがけぬ人が又、辰仁の庵を訪ねてきた。先年唐より帰朝した粟田朝臣真人と、藤原不比等の嫡男、藤原武智麻呂であった。

―　真人さま、わざわざのお運び恐縮に存じます。行きも帰りも大変な難儀にあわれたと聞きましたがご無事で安心しました。奴我（やつかれ）は、武智麻呂どのには初めてお目にかかりますが、不比等さまのお子がこんなに立派におなりとは驚きました。何の持て成しもできぬ侘び住まいですが、お寛ぎいただければ幸いです。

―　新令により大納言となられた不比等さまに、辰仁さまの庵を訪ねる旨お話したところ、是非、武智麻呂どのを同行するようにとのことで、こうして参った次第です。

―　臣も、父に言われるまでもなく一度、辰仁さまにお目にかかりたいと思っておりました。

―　此度は、従来の半島を北上して黄海に出、山東半島の登州に上陸する北路ではなく、直接東シナ海を横断し中国の楚州から洛陽へと南路を大型船五隻、五百六十人の大編成で行かれたそうですね。

―　南路を取ったのは新羅を刺激したくなかったのです。それと、従来の倍以上の規模で出向いたのは、日本国の意気込みを伝えるためです。天智二年（六六三）、倭国は唐・新羅の連合軍に完敗し、六年後の天智八年（六六九）、恭順の意を表明する遣いを唐へ送りましたが、それから三十年の断交の後、今、倭国は国交を求めて唐へ行ったのです。

―　真人さまは全権委任の証（しるし）である節刀を賜った執節使として行かれたのですから、唐の対応も違ったでしょうね。

― 唐は、高宗の后（きさき）、武照（則天武后）さまが唐に替って『周朝』を立て、自らを聖神皇帝と称し、都を洛陽に移されました。女帝は、太宗皇帝の生産発展の政策を継承し、科挙制を強化して多くの才能ある人材を抜擢された。また、仏教の興隆にも力を注がれた方として崇められていましたが、今年になって病没されたとの報に接し驚いています。

― 父に大使の帰朝報告書を読ませてもらったのですが、執節使粟田朝臣真人さまは、皇帝則天武后さまに大明宮の麟徳殿（りんとくでん）で謁見を賜りしとき、大唐に倣った『大宝律令』の施行を奏上し、国名を『日本國（にっぽんこく）』と改めたことを説明して、天皇を中心とする華夷（開けた国と遅れた国）秩序の国であることを話されたのです　使節の中に夷人雑類（いじんざつるい＝隼人や蝦夷の人）を従え、新羅や文武二年（六九八）に建国された震国（渤海国の前身）などの外国を「外蕃」と呼び、自らを『周朝』の「諸蕃」との位置に置く苦肉の策が功を奏した上、真人さまの人柄に感服したのです。この度の渡唐の帰朝報告に「遠い絶域にありながら周皇帝の徳を慕って稀に使節を派遣してくる文明国」との評価を受け、執節使真人さまは、僧道観として唐で学ばれた深い教養と、縦横無尽に使いこなされる唐語により、『倭國』を「聖唐を燦燦と照らす日が最初に昇る絶域の国、日の本の国」として、国名を『日本國』と改めたと説かれたのです。真人さまは、「好みて経史（経書と史書）を読み、文を属（つづ）るを解す。容止（ようし）閑雅なり」と褒め讃（たた）えられたと聞き及びます。朝廷もこの功を認められ、この四月に真人さまを中納言に昇進させられました。

武智麻呂は、執節使粟田真人のこの度の働きを、我が事のように誇らしく話した。

――武智麻呂どのは、倭国が外国を「外蕃」と呼び、自らは『周朝』の「諸蕃」との位置に置く、苦肉の策が功を奏したと申されたが、これは相容れない国家観ではないのでしょうか。

――臣は、政(まつりごと)はすべからく矛盾をはらんで進められるものと思考いたします。父は大宝令により、大納言に任じられましたが、その上に太政大臣、左大臣、右大臣、の位階があります。其のころ、太政大臣は任命されておらず、左大臣多治比真人嶋さまは大宝元年に薨じ、右大臣阿倍朝臣御主人(みぬし)さまは先年、大宝三年に薨じられたので、その後、石上朝臣麻呂さまが右大臣となられました。父は官僚機構の頂点の要職を占めたとはいえ、天皇を頂く畿内の豪族の力はなお侮りがたいのです。天武天皇の九男にあたる刑部親王(おさかべしんのう)は皇族の代表として新律令の編纂に携わり、もと物部連の旧族の重鎮、石上朝臣麻呂さまと共に皇親勢力を政府部内に保持されています。父は律令により、旧族、名族の力を抑え、官僚制度の中に組み込もうと努めましたが、ご自身は内臣藤原鎌足の偉業の後継者として名族の地位を与えられたのです。また、長女宮子を文武天皇の夫人(ぶにん)に入内させ天皇の外戚の立場を得たのです。それどころか、臣の母は石上朝臣麻呂さまの弟連子(むらじこ)の娘です、臣も大織冠(正一位に比当)鎌足の孫として蔭位制(おんいのせい)により出身し、大宝元年「七〇一」、二十二歳のときに正六位で内舎人(うどねり)となって天皇に近侍しました。そして、大学寮にも入っていない臣が大学助を拝命しております。彼も是も大きな矛盾です。

――それで、「律令で利を得たる人は唯一人、世に比べる人もなし」などという戯（ざ）れ歌が流布されるのですな。

――武智麻呂どのは辰仁さまと似たところがあって、経史をよく学ばれ世の中を斜交（はすかい）に観られる癖（へき）があるように思えるのです。

――いえいえ、臣は、父が藤原一族のために政（まつりごと）をしているとは毫も思ったことはありません。律令による安定した世を作り上げようと日夜奮闘されているのです。そのご苦労が祟（たた）って五月に病に倒れられました。この時、父を支えられたのは真人さまです。いま、お二人は「令師（りょうし）」となられて律令の解釈を確定されているのです。まこと、政は一つ打つ手を誤ると一気に数十年前に戻ってしまいます。今、この『大宝律令』を日本国の津々浦々まで行き渡らせ、戦の起こらぬ世にせねばなりません。今、我等は、ひそかに平城の地に新都を造営する計画を練っております。遷都によりだれの目にも新しい世になったことが解るのです。そうして、『百済の役』から『壬申の大乱』へと続いた戦後が完全に終わったことを国の内外に示すことが出来るのです。

――奴我（やつかれ）には、政の難しさは分かりませぬが、政局は、政変によってのみ揺らぐのではないと思うのです。奴我の知る限りでも自然災害による凶作、飢餓、疫病は二、三十年に一度は起きていますが、この慶雲期の大旱魃による飢餓と疫病はその規模において例を見ないもののように思います。この「民苦」をどう乗り越えるのかが急務なのではないでしょうか。

――辰仁さまの申される通り、今年（慶雲二年、七〇五年）の飢餓と疫病は二十カ国に及んでおります。都でも疫病は防ぐことが出来ず、大納言不比等さままで病に倒れてしまいました。飢餓は特に河内、津の国、出雲、安芸、紀伊、讃岐、伊予が深刻で農民の逃亡、畿内の盗賊の横行も日常茶飯事となっているのは確かです。朝廷は、これらの国に実情に即した租・庸・調や課役の減免を行っています。また、畿内・紀伊・因幡・三河・駿河などの疫病には医薬を給しています。また、太宰府管内には再度台風による被害があり調役を免除しているのです。

――奴我にも皆さまのご苦労がよく分かります。民の救済に乗り出せば律令政府の財政的な基盤は弱くなります。また地方の郡司などの悪行も目に余るものがあるように聞き及んでいますが、民の浮浪、逃亡と役人の不正を軍の強化で取り締まり、国の規律を確立しようとすれば民苦は増すばかりです。

――武智麻呂どのが申される通り、全て矛盾の中で解決を求めねばならないのが政なのではないでしょうか。土地を国有化して農民に口分田を班給して地租を納めさせ、正丁（成年男子）に人頭税の庸・調を負担させて、さらに雑傜などの力役あるいは兵役を課す。律令政府が政治、経済の安定化を図り、さらに軍事的基盤を確保するためには、民の浮浪、逃亡を厳しく取り締まらねばなりません。貴族・官僚や有力地方氏族らの私的土地所有へのあらわな動きは律令制の否定というべきで、朝廷は厳しい処断を下さざるを得ません。朝廷は今になっても、新令の周知のため親王・諸臣・百官たちに講習を開き、「およそ庶務はもっぱら新令によれ」、「新令に依って政をなせ」と命令を出し続けています。それにしても、唐まで渡り、皇帝のまえで、「聖唐の絶域にありながら律令により国の隅々まで天皇の徳を行き渡らせている文明の国」と宣言してきた臣が、帰朝してすぐ、「官人私に一斗以上を犯さば即日解官」などという詔を聞き、「このころ、王公諸臣、多く山沢を占めて耕種を事とせず、きそひて貪婪（どんらん）を懐き、空しく地の利を防ぐ。もし百姓の柴草（しばくさ）を採る者あれば、即（すなわち）その器を奪ひて、大いに辛苦せしむ」という詔に接するのは断腸の思いです。

― ここをどう乗り切るか、我らは正念場を迎えているのです。臣は、遷都を成し遂げて民心を一新する為に銭貨を普及させて交易を活発にし、律令政府の財政を立て直さねばならないと思うのです。

― 平城の都へ遷都する策を、辰仁さまはどうお考えでしょうか。年が明けるとすぐ宮中に五位以上の者が集められて、遷都が議論される運びとなっているのです。臣には大変悩ましい問題です。

― 奴我（やつかれ）は、藤原京遷都の時、朝廷より意見を求められました。大雨ともなれば条坊道路の側溝はたちまちに水が溢れ、すぐ近くを流れる飛鳥川が氾濫すれば宮内にも汚水が流入し、京には疫病が蔓延する事態を招きかねないとお答えしたのですが、奴我の心配など一顧だにせず、京の造営は夜を日に継いで進められました。全国から駆り集められた衛士（えじ）や仕丁の苦難と農村の疲弊は延々と続き、持統八年（六九四）に遷都が挙行されてからはよくご存知のように疫病は衰えるどころか幾内全域に広がり、百姓や役民の浮浪や逃亡が多発しております。残念ながら、奴我はこの苦難を乗り越える案を持ち合わせておりませんが、かつて兄・道昭から天武朝の飢饉のとき、「この者たちをどうする」と尋ねられました。奴我は、兄の説く利他業によって仕事と食を与えようと兄の手足となって働き、飛鳥川や佐保川の浚渫（しゅんせつ）と架橋を行い、宇治橋の次に瀬田橋の改修の準備を始めた時、朝廷より事業の中止を命じられ、兄・道昭の利他業はここに終わったのです。

― 忘れもしません。その命を大徳さまに伝えるため禅院を訪れたのは、この真人なのです。それ以来、臣は社会事業の在り方についてはいろいろ思い悩みました。今一番の悩みは、遷都以外に策がないとなれば、どのようにその財と役民を集めるかです。

―「こ度の新都造営は、貧民救済の社会事業として行うべきで、大徳さまの利他業に学ぶところがある」と、父・不比等も申しております。

― 奴我は、あまり事を急ぐと民を救うことにはならぬのではないかと危惧します。急がば回れといいますが、律令で囲いきれない多くの民百姓、朝廷には不法の輩と見える者共も、新しい世を作る事業に参画させる策はないものでしょうか。

― と言われますと、何か思案がおありなのでしょうか。

― 例えば、行基どのを菩薩と崇めるような、世の底辺の民の力を活用できれば、遷都は国を挙げての慶賀すべき大事業になるでしょう。

―　辰仁どのは、そうした民を僧尼令で取り締まるだけでは、事は解決しないと言われるのですね。世の中をもっと広く見よと申されているのですね。他にも武智麻呂どのなど、若い官僚が奮起してもらわねばならぬことが多々あります。臣は、この度、再度渡唐して銭貨による経済の繁栄を目の当たりにしました。通貨政策も急がねばなりません。その他にもう一つ、唐人にも読める純粋な漢文で書かれた日本国の公式な史書が必要だと痛感しました。是非とも辰仁どののお力をお貸し下さい。

―　奴我のような隠士には何もできませぬが、皆さまの心意気には感服いたしました。

―　ところで、辰仁さまは先の入唐の折、唐の宮城を御覧になったのですが、これから造営する平城京はどうあるべきとお考えでしょうか。

―　国際都市長安の賑いは、この国にいる人に伝えるのは難しいのですが、奴我は、様々な国の人が地の果てからやって来て、共に唐の文化を楽しんでいる様こそ素晴らしいと驚嘆しました。それは、世界の中心に位する帝国の威信と、度量の大きさでしょう。

―　臣は、皇帝則天武后に大明宮の麟徳殿で謁見を賜ったあと、宮殿の中央に含元殿を仰ぎ見たとき、日本国の宮殿にないのはこの儀礼空間だと気付いたのです。外国の使者は延々と続く朱雀大街を進み、含元殿を長い階（きざはし）の向こうに仰ぎ見るのです。皇帝は南面してこれを迎える。ここに皇帝のおられる位置が象徴的に示されているのです。顧みて、藤原京は南東側が高く北西側が低いので、辰仁さまが危惧されたように、京中の排水が宮の側を流れるという欠陥があるが、それ以上に天皇が低地にいて、朱雀大路の向こうの丘陵を仰ぎ見て南面されるという不都合があります。遷都には「攘災招福（じょうさいしょうふく＝災いを払い除き福を招くこと）」の他に国の威信を示す儀礼空間が必要なのです。それ故、新しい宮が置かれる場所は、境域全体が南に向かって穏やかに傾斜した広々とした立地が求められます。

―民にも物の豊かさと共に、心の拠り所となる都が必要なのですね。

―長らくお話しさせていただきましたが、臣の心配事ばかり話して、もう一つ大切なご報告を忘れていました。名を劉希夷（りゅうきい）、字（あざな）を廷芝（ていし）という唐の詩人の消息ですが、長詩『代悲白頭翁（白頭を悲しむ翁に代わる）』を知らぬ者はいないのに、今、詩人の居場所を知る者はいなかったのです。僅かに得た情報では、廷芝どのは幼くして父を失い、外祖父に育てられ、進士に及第して後、若くして詩の才が認められたが、叔父に詩を盗まれてから酒におぼれて都を捨てたというのです。その後はよく分かりませぬが、母親の生地である粟特人（そぐどじん）の里へ帰り、河に小舟を浮かべて酒と琵琶に親しんだというのです。若くして亡くなられたという風聞も耳にしました。

―真人さま。公務多忙の中、奴我の頼みを忘れずよくぞそこまでお調べ下さいました。厚くお礼申し上げます。あの廷芝が琵琶を嗜（たしな）むとは知りませんでした。これで奴我の心も少し安らかになりました。

―辰仁さまは、異国の詩人とも肝胆相照らす仲だったとか、まだ倭の海を渡ったことのない臣には、うらやましい限りです。廷芝さまとは碁をよくされたと聞きましたが、臣も少し碁をたしなみます。碁は、複雑に入り組んだ世の争いを白黒の石の戦いに置き換え、遊戯にしてしまったものと感心してしまいます。碁の教訓に「大場よりも急場、大局観を持て」というのがありますが、日々の教訓にしております。一度おりをみてお教え頂ければ幸いです。

―奴我（やつかれ）は、妻の花と時々碁を指しておりますが、武智麻呂どのともそのような時が持てればと思います。不比等さまは、内臣（鎌足）さまから後事（こうじ）を託され、今、嫡男の武智麻呂どのにその後事を託すことができたのですから、これに選（すぐ）るものはないでしょう。奴我は、遠い昔にこの庵で前途洋々たる若者たちと酒を酌み交わしながら、女装歌を歌い合って大いに楽しんだのを思い出しました。その場には確か真人さまも、不比等さまや、大津皇子や、草壁皇子もおられた。

―あの時のことは、臣もよく覚えております。ずいぶん昔の事になってしまいました。

―本当に飛鳥の時代は遠くになりました。

三人は、花の出した茶菓には手も付けず、時の経つのも忘れてなおも話すのだった。

（十九）遊魚流水

秋も深まり、辰仁は閑月に入った頃あいを見計って、吉野の轟の里へ岩魚釣りに行くことを思い立った。辰仁は書斎に仕舞っていた二口（にこう）の書刀を取り出し、暫し見入っていた。辰仁が旻師に薦められて初めて飛鳥寺で「音辞」の話をした時のことであった。話を講堂の隅で聞いておられた葛城王子（中大兄皇子＝天智天皇）が「今日の出会いを記念して受け取ってくれ」と言って、下賜されたのがこの朱塗りの書刀である。今も鞘に施された銀細工が眩（まばゆ）い。あれは確か十歳の時のことであった。それから早六十年が過ぎたのである。もう一口（いっこう）は、天武天皇に浄御原宮殿に召し出された時のことであった。朝廷の修史事業への関与を断り、図書寮を離れることを申し出た時、天皇は辰仁が朝廷から離れることを止められて下賜された螺鈿（らでん）の書刀である。辰仁はその螺鈿の書刀を持って飛鳥寺の東南にある飛鳥池の官営工房を訪ねた。ここは水の便の良い地形から銅の鋳物が造られてきた所である。近年は経済復興のためにここで富本銭が大量に造られていたが、銭の流通は思うようには広がらないようであった。ここでは鉄の鍛（うち）物も盛んで建築の金物・工具・農器具・武器などが造られていた。他には金・銀の仏具や装飾品も造られ、ガラス・玉類・漆器などを造る工房もあった。辰仁は刀を造る工房へ入り、唐の詩人・廷芝から土産に貰った小指の爪ほどの小さな釣鉤を見せ、これと同じ物をこの刀を打ち延ばして造ってほしいと頼んだ。刀師は辰仁の見せた螺鈿（らでん）の書刀に畏れ入って引き受けてくれた。一カ月の後に、小指の爪形の釣鉤が百個、親指の爪形の釣鉤が五〇個出来上った。お礼に螺鈿の鞘を渡すと刀師は大いに喜んだ。

妻の花（はな）からは、「お歳ですから」と強く止められたが、どうしてももう一度あの龍門下の淵に立って、大岩魚を釣り上げたかった。辰仁は花に琴の糸を所望すると、馬に乗って轟の里へ向かった。最近すっかり足腰が弱ったのを自覚していたから、無理は出来ないと自分に言い聞かせて、ゆっくりと馬の背に揺られた。近道の芋峠（いもとうげ）を避けて、なだらかな壺阪峠に差しかかったとき、辰仁はふと、「もう馬で峠を越えるのはこれが最後かな」と弱気にもなった。最初に芋峠を越えたのは学塾を開いて間もない頃で二十歳の時であった。今から五十年も前のことが、昨日のように思い起こされた。そして、学塾を訪れた大津皇子が酒に酔って「これから吉野へ岩魚を釣りに行こう」と言われたのを懐かしく思い出し、涙がこみ上げてきた。随分気持ちが弱くなったものだと我ながら不様に思えた。

轟の里は昔と少しも変らぬように見えたが、里長の家の近くに新しく建てられた芳（かぐわ）しい木の香りのする別棟に通されると、改めて月日が経ったのを知った。親爺の与富は数年前に死んでいて、眼の前にいるのは息子の方であった。今は親の名前を継いだ与富が里長となり、社の神主であった。夕餉の刻になって娘が笊（ざる）に入れた野菜を運んで来た。歳は十二、三歳だろうか。がっしりした体つきが父親似であった。続いて二人の男の子をつれて鍋を持った女が現れた。与富の嫁と子供たちであった。利発そうな子供たちは来客に構わず戯れ遊び、嫁がその子供たちを引きつれて下ると、辰仁と与富は囲炉裏に吊るされた猪鍋（ししなべ）をつつきながら、辰仁の持って来た濁酒をくみ交した。与富は

――持統天皇が一年に二度、三度と吉野宮を訪れられた時は、その応接に里は大童（おおわらわ）で、里人は雑用に駆り出される日が多くなり、十分に自分の田畑を耕すことも出来ず困りはてましたが、社田と溜池のお影で里から離散者を出さずに済み、里人の絆（きずな）は一増強くなりました。文武天皇が即位された年（六九七）から二年続いた大旱魃にも耐えることが出来ました。また、国中に広がった疫病も里の入り口に厠を設け、溜池から水を引いて手を洗わせたおかげで難を逃れることが出来ました。

と里の近況を語った。あれから永い年月を費して里人が潅漑用の溜池を完成させたのを知って感無量であった。辰仁は与富に里の暮らし向きを尋ねた。

―『庚寅年籍（こういんねんじゃく）』というものが出来てから、六歳以上になると男は二段（たん）、女は一段百二十歩の田が戴けます。以前は一段から二俵くらいしか取れませんでしたが、近頃は三俵ほど取れるようになりました。溜池のおかげで冷たい山水を田に入れなくなって稲の生育が良くなったのと、土地改良のために客土をしたため収穫が増えたのです。豊富な水のおかげで一枚の田にいっぱい水を張って、この客土を水平にならして、その田一枚を一段（いったん）に拡張できたので、水の管理がしやすくなりました。税は、以前は一段あたり二・二束だったのですがこの度の大飢饉で、一・五束が課せられるようになりました。田には四つの等級があり、上田（じょうでん）は一段から五〇束の収穫が見込め、中田は四〇束、下田は三〇束、下々田は一五束くらいなので、運が悪ければ収穫の一割を税に納めることになります。吾（われ）の里では多くの田が中田になりました。社田は上田になったのです。それは里の入り口に設けた厠を一年間蓄して寝かせてから、刻んだ藁を混ぜて田に撒いて肥料にしたからなのです。里人は米がたくさん取れるのを見れば、あとは何も言わなくとも見習うのです。それでも、二段で一日三合の玄米が食えればよい方です。これで幼い子供や老人を養っていかねばならないのですから、月の半分は粟や野菜の塩茹（しおゆで）を食います。燻魚（いぶりうお）や塩漬の魚も貴重な食糧です。

―それは大変だ。

―米の出来は田によって大きく違いますから。班給された口分田（くぶんでん）では食えない公民は地子になって公田を貸り、賃貸料として収穫の五分の一を納めることになります。それも出来ず賤民となった者は、官戸（官有の賤民）や家人（私有の賤民）や奴婢（奴隷）となってしまいます。

―　里長は里からそうした離散者を出さないよう努めねばならないのだね。

―　税のほかに特産物で納める調や、国や郡の役所での雑用や、国司さまのもとで土木作業をする雑徭（ぞうよう）がありますが、一番の苦しみは飢饉と兵役です。一里は五十戸からなり、一戸は約二十人ですから里長は一〇〇〇人を束ねているのですが、正丁（せいてい＝二十一歳から六十歳までの男子）が一戸に四人いるとするとそのうちの一人が兵に駆り出されます。里では五十人が年に一〇日を三回で三〇日徴兵されるのです。それ以外の日々は口分田の耕作に従事するのです。吾（われ）が里長になってからは戦を経験していませんが、戦になれば残された家族は働き手を失って餓死する者も出るのです。

―　国全体は四〇〇〇里程だというから兵の数は全体で二〇万人にもなるんだね。一里から出た兵士が一隊を作りこれを集めて一〇〇〇人で一つの軍団とするのだが、里長は一〇〇〇人の長だから軍団長と同じだね。それだけ責任が重いわけだ。日頃から郡司との関係にも心を配らなければならないね。

―　その通りです。でも、兵は鼓（つづみ）や鉦（かね）に合わせて人殺しの訓練をさせられるのですが、農民の苦労には喜びがあります。税や兵役の他に、五〇戸あたり二人が三年間京での労役に就く仕丁（つかえのよほろ）は、単期労役の雑徭以上に農民に苦痛を与えています。京での食糧は郡司さまが税の内から送り届けることになっているのですが、これが十分届かなければ里に帰る途中で餓死する者も出ます。数年で都へ交代される国司さまより、世襲で何代も続く郡司さまとの関係は里長の一番大切な仕事です。互いに補い合う必要があります。

という与富の横顔に「どの様な苦労にも負けはせぬ」という自信が読み取れて、辰仁は少し安堵した。

― 所で、溜池で岩魚や山女魚を飼うのは上手くいっただろうか。

と聴くと

― 親父も、辰仁さまは山に棲む魚のことをまだご存知ないと笑っていました。岩魚や山女魚は冷たい清流にこそ棲めますが、澱んだ溜池では生きられないのです。

と言って、与富は初めて笑った。そして

― いま、溜池では鯉と鮒を飼っていて、秋の収穫が終わると水を抜いてみんなで掻い掘りをします。魚は種魚を残して皆で分けます。池の底を数日干した後、ごみを取り除き、水漏れを直します。こうしてまた新しい年を迎えるのです。

辰仁は与富の話を楽しく聞きながら、持って来た釣鉤と琴の糸を取り出して

― 明日はこの大きい方の鉤で二尺の岩魚を釣ろう。

と声を弾ませた。そして、葛城王子から拝領した「朱塗りの書刀」を取り出すと

――鈎鉤が無くなったらこれを飛鳥池の工房へ持って行き、刀師に言って鉤に打ち直してもらうとよい。朱塗の鞘を進呈すれば喜んでやってくれる筈だ。

と言って与富に与えた。与富はびっくりした顔で

――我家の家宝に致します。

と言って押し頂いた。

夜も更け、一人囲炉裏の側の蒲団に入ると、大友皇子の所望で大津の浜の離宮の宴に五十四尺山女魚の燻魚（いぶりうお）を持っていくために、夢中になって釣りをした日のことを思い出した。朝は日が昇る前に起き、杣屋の草屋根から魚を燻す煙が立ち上るのを見ながら釣り場へ通った。夜は釣った魚をさばいて一夜干しにした。一日干した魚を囲炉裏の上の吊り棚に乗せ、桜の小枝で燻すのだった。そんな遠い日のことなどを思い出すと、初めて初音と契った夜のことや、妻の香花の奏でる琴の音を浜の離宮で初めて聞いた日の記憶が不意に浮かんできた。

翌朝はゆっくりと起き、食事を済ませて立派な社（やしろ）になった白蛇神社に参拝してから与富と二人で吉野の川に向かった。川辺の杣屋は誰も使わなかったと見えて朽果てていた。辰仁が以前に大釣りした龍門下の岩の上に立つと、川は水嵩を増してとうとうと流れ、水煙を上げていた。

辰仁は、水煙の向こうに見えるに龍門を眺めているうちに「倭国の谷で存分に釣りを楽しんで

下さい。両手に持てぬ程の大魚が釣れたなら天高く放り上げてこの長安まで届けて下さい」と言って泪を落して別れを惜しんでくれた廷芝（ていし）の言葉が浮かび、思わず心の中で「廷芝、貴方にもう一度会いたい」と呼びかけた。

辰仁は遠い昔への思いから我に返ると、岩の上に腰を下ろし、花が持たせてくれた琴の糸に飛鳥池の工房で作ってもらった釣鉤を付けた。与富の用意してくれた太い竹竿と攩網（たも）もある。備えは万全である。それでも辰仁一人で二尺の大岩魚を釣り上げることは出来ないだろうと考え、魚が鉤に掛ったら大声で呼べば助けに来てくれるよう与富に頼んだ。与富は、こんな日は、山女魚は瀬の脇にいることを知っていたので、辰仁の姿がよく見える川下で竿を振った。岩魚は淵の洞穴に潜んでいるのを知っている辰仁は、鉤に蚯蚓（みみず）を付けると狙いを定めて竿を振り込んだ。息を止める間もなく両の手にズシリと大きな当たりが来た。辰仁は大声で「与富」と叫んだ。与富が声の方へ顔を上げると竿が大きくしなっていた。次の瞬間、辰仁の体が岩の上を滑り落ちた。与富は一目散に岩の上に駆け上り、淵の波間に辰仁を見付けると迷わず飛び込んだ。与富が辰仁を岸辺に引き揚げたときはまだ息があった。与富は半里ばかりの道を辰仁を背負って家へ走った。着替えさせて蒲団に横たえたときはまだ温かかった体が、次第に冷たくなっていくのを知った与富は、「親父どの」と声を上げてすがった。

時に慶雲二年（七〇五）十月のことである。船史辰仁、享年七十歳であった。

飛鳥の庵の文机（ふみづくえ）には

　埋もれ火の消えぬ間に

　いざ行かん　別れの旅路　今日の今

という大和歌が残されていた。

（完）

あとがき

私が小説に興味を持ったのは、確か高校生になってからである。高校卒業の時、「小説家になりたいから大学へはいかない」と言って父親を困らせたのを覚えている。大阪で貿易商社を経営していた父親は「自分の会社でも、もう高卒は採用しないようになっている。どこでもよいから大学だけは出ておけ。好きなことをするのは、妻子を養う心配がなくなってからやればよい」と説得された。そのころ読んでいた谷崎潤一郎の『文章読本』に「箸は二本、ペンは一本。しょせん飯は食い難し」とあったのを思い出したのと、家の書棚にあった本を見て、父も若いころは文学に興味を持っていたんだと思い簡単に受け入れてしまった。それから七十三歳になるまで文章を書いたことがない。一つ例外に、父の自叙伝『ひとりごと』を出すとき、私が序文を書いた。これが自叙伝を読んだ人の間で少しばかり評判になったと、跡を継いだ社長から聞いた父が、「三郎、昔、小説家になりたいと言っていたことがあったな」とポツリと言ったのを思い出した。

自分で始めた会社を六十五歳で辞め、独学で陶芸を始めた。偶然知り合った高名な鯉江良二さんに煽（おだ）てられ、いろんな所で個展をしたが、これ以上新しい試みが出来なくなって七十三歳で陶芸を止めることにした。それからは渓流釣りに打ち込んだが、川へ行けない日は時間を持て余して、何をしようかと思い巡らすうちに、若いころ小説を書きたいと思っていたのを懐かしく思い出し、暇つぶしに書くことにした。これが2021年10月に文芸社より出版した『ハルミ・ガーデン　―ここに碧い地球がある―』である。今回出版することになった『倭の海　遥か』は二作目である。八十を過ぎると、本を書いて名を上げようとか、ベストセラーを狙おうなどとは毫も思わない。ただ書いているときが一番楽しい。高校時代の友人で物理学者でもある川辺君から励ましの手紙をもらったのも嬉しかった。この本も出版するつもりはなかったのだが、『ハルミ・ガーデン　―ここに碧い地球がある―』を読んで頂いた人から、次はどんな作品を出すのかと言われるので、ごく親しい人に「こんなものを書いたが、世に出す意味があるだろうか」と原稿を読んでもらった。その一人が、中学時代からの友人である小島君で、彼がその原稿を読んでもらってくれたのが、今回、推薦文を書いて頂くことになった和気享氏である。この二人の励ましで出版することになったのだが、もう一人近くに住まわれる田中さんに感謝しなくてはならない。田中さんの奥様とは犬友で公園でよくお会いする内に、ご主人が韓国語、中国語に精通され、日本の古代に造詣が深い方であることを知り、無理を言って原稿を読んでもらった。そして多くの誤りを指摘した後に、「面白かった」と、小さな声で一言いって頂いた。他にもシルクロードを二十回以上も訪れておられる小川さんと長安の都の面影を訪ねた日のことや、韓国の白村江をこの目で確かめておこうと旅行した日が懐かしく思い出される。ふと「父にもこの小説を読んで欲しかったな」と思うが、その父はもう三十年も前に亡くなっている。

最後に、この本の表紙の絵は、出版社にイメージを伝えるのに困っていた時、高校卒業間際に絵画の先生から「東京芸大を受ける気があるのなら、僕が特別に教えてもいい」と声を掛けられ驚いたのを思い出して、水彩画の筆を執った次第である。若い時に画家を志望していて、『ハルミ・ガーデン』のモデルの一人でもある妻の禮子からは、「あなたは、絵も描くのね」と笑われてしまった。

今私は、この小説が日本、韓国、中国の方々に読まれ、日韓中の合作で映画になればもっと多くの人に楽しんでもらえるだろうと夢想している。

著者プロフィール

西澤　三郎（にしざわ　さぶろう）

1941年7月24日生まれ

大阪で生まれ、戦争のためすぐ滋賀県に移る。

大学卒業後、会社勤めを15年して、大阪で約30年間手芸会社を経営する。

65歳より陶芸を始め、73歳より小説を書く。

2021年、文芸社より小説『ハルミ・ガーデン　―ここに碧い地球がある―』を出版する。

倭の海　遥か

2023年12月8日　初版発行

著　　者　西澤　三郎

発行・発売　株式会社三省堂書店／創英社

〒101-0051 東京都千代田区神田神保町1-1

Tel：03-3291-2295　Fax：03-3292-7687

印刷／製本　三省堂印刷株式会社

ISBN 978-4-87923-220-5 C0093